きれいの手口——秋田美人と京美人の「美薬」

●巻頭スペシャル対談

Special Talk

IKKO×内館牧子

いくつになっても「きれい」でいるための〝手口〟とは？

脳《のう》からきれいになる手口

ＩＫＫＯ　初めまして、よろしくお願いします。

内館　こちらこそ、私がぜひお会いしたいと編集部《へんしゅうぶ》に申し上げたんですけど、お忙《いそが》しいなかスケジュールを取ってくださって。

ＩＫＫＯ　いえ、うれしくてお礼状《れいじょう》も

IKKO（美容家）

いっこー／1962年、福岡県生まれ。

美容家、ヘアメイクアップアーティストとして独自の女優メイクを提案。

韓国のBBクリームを日本に紹介して大ブームの火つけ役となるなど、その高い審美眼には定評がある。

2009年には韓国観光名誉広報大使に任命され、ソウル観光大賞を受賞し、韓国でも絶大な支持を集め活躍を続けている。テレビではバラエティ番組等で活躍し、気さくな人柄で性別や世代を超えて人気を集め、美のカリスマ・ミューズとして常に注目を集め続けている。

IKKO

書いてきたんですよ。
内館　わッ！　すてき！　お礼状やお手紙を、まめに墨《すみ》で書いていらっしゃるって本当なのね（笑）。
IKKO　そうなんです。毎日、書いています。もともと字が下手《へた》だったので、50歳《さい》から書を習いはじめて、ちょうど7年になります。
内館　年取ってから何かを始めても遅《おそ》くないんですよね。それって美しくなることも同じでしょ？　そこで今日は、どうすればきれいになるか、ぜひいろいろお聞きしたいの。
IKKO　『きれいの手口』を読ませていただいて、書かれていることはまさにそのとおり、とまったく同感でした。
内館　美容家にそう言われると、ホッとする（笑）。『きれいの手口』を書いて思うのは、人の中身と外側は連動するものじゃないかと。
IKKO　そう思います。私がテレビに出させていただくようになったのが16年くらい前なんです。
内館　もうそんなになるの!?

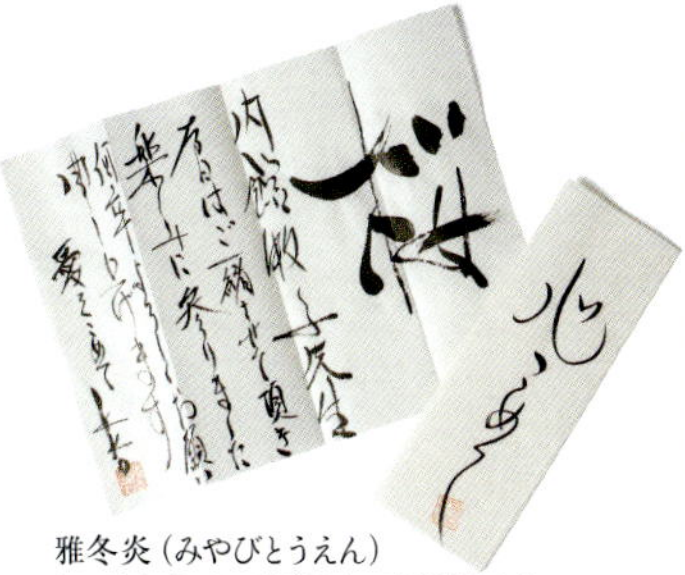
雅冬炎（みやびとうえん）という名前で、書家としても活躍するIKKOさん直筆の手紙。

IKKO　そうなんですよ。「どんだけ〜！」が流行《はや》ったのが12年くらい前。
内館　私もドラマの視聴率《しちょうりつ》が低いと「どんだけ〜！」ってスタッフとやってた（笑）。
IKKO　もう訳《わけ》のわからないうちに「どんだけ〜！」のブームに襲《おそ》われて、終わって……。そのころ、ある人に「今、頭の中は何色ですか？」って言われて、ドキッとしました。脳がモヤモヤして濁《にご》ったピンク色だったんです。
内館　脳に心理が色で出るの？
IKKO　そんな気がします。自分の脳がモヤモヤしているときは、モノゴトもうまくいかないと気がついて。それで頭の中をきれいなフューシャピンクにするようにして、バッグの中にもピンクの小物を入れたりしました。私の基本《きほん》は、脳内はピンク、なんです。
内館　ピンクの脳！　イメージトレーニングするわけね。そうやって変えていくと、やっぱり見た目も変わりますか？
IKKO　変わると思います。じつは、39歳のときにパニック障害《しょうがい》で倒《たお》れたことがあるんです。当時はヘアメイクの事務《じむ》所《しょ》を経営《けいえい》していて弟子《でし》もたくさんいて、育てていく難《むずか》しさとか、いろいろ悩《なや》みがありました。全然笑えなくなって、自分だけ世の中から置いていかれるような気がして。

内館　自分のところにだけ雨が降《ふ》る思い、だれもが一度はもちますよね。

ＩＫＫＯ　そんなとき、ちょうど同じ時期に独立《どくりつ》した友人がテレビ番組に出ると知って、今、成功している友を見たらよけいに焦《あせ》ってしまうのではないか、と。

内館　焦ります。見ないほうがいい。脳がドス黒くなる（笑）。

ＩＫＫＯ　いえ、私、恐《おそ》る恐る見たんです。

内館　えーッ、見たの⁉

「私には何もなかったので
ゼロからつくって
いくしかなかった」
放っておいたら年齢と共にマイナスに
なるだけなのはわかってました。
――ＩＫＫＯ

ＩＫＫＯ　見た瞬間《しゅんかん》に気持ちが変わりました。独立した時期は同じだけど、会っていない数年間がこの人を本物にしたんだなって。表情《ひょうじょう》や目や声の説得力《せっとくりょく》、これは経験《けいけん》で身についたものなんだと。それを感じたとき、もう一度、私もやっていこうと思えたんです。

内館　ＩＫＫＯさん、すごい。普通《ふつう》、ヤケ食いよ（笑）。

ＩＫＫＯ　そこでまず「笑門」と書いてトイレに置いたんです。嫌《いや》なことは水に流して（笑）、いつも笑顔《えがお》でいよう。家の階段《かいだん》には美空《みそら》ひばりさんの「川の流れのように」を飾《かざ》って、焦らなくても川は流れていくから焦らない焦らないって。そして台所には「福」という字を置きました。

内館　わかった。いつも「福」を食べて生きていこうって。

ＩＫＫＯ　当たり～！（笑）

内館　私は大学を出てすぐに一流企業《きぎょう》に入ったんです。

ＩＫＫＯ　すごい！

内館　いや、コネよ（笑）。

「時間がない。
お金がない。
もう年だから」

いろんな言い訳はあるけれど、手をかけないのはナチュラルでなく、単なる無精ですよ。――内館

ＩＫＫＯ　あら……（笑）。

内館　女性は適齢期《てきれいき》になると、みんな相手を見つけて結婚《けっこん》していく。ふと気がついたら私だけ残されていたの。私は北《きた》の富士《ふじ》さんや小林旭《こばやしあきら》さんみたいな男性《だんせい》が理想なの。

ＩＫＫＯ　ああいうタイプがお好きなんですか。

内館　いるわけないわよね、石を投げたら東大に当たるっていうくらいのエリート企業に、そんな体育会系（笑）。もう先がないと焦ったときに「バスがだめなら飛行機があるさ」という言葉を聞いたのね。そうだ！　みんなバスに乗って行っちゃったけど、私は飛行機に乗れば追い越《こ》せるんだわって。

ＩＫＫＯ　その考え方が外見を変えることはあると思います。

撮影／宮﨑貢司
取材・構成／石井美佐
メイク／山縣亮介（IKKOさん）
ヘア／菊地好美（IKKOさん）
着付け／森合里恵

※この対談は、本文214ページに続きます。

きれいの手口

秋田美人と京美人の「美薬」

内館牧子

潮新書

025

潮出版社

きれいの手口——秋田美人と京美人の「美薬」　目次

巻頭口絵・本文デザイン 金田一亜弥（金田一デザイン）
本文挿絵 橋本シャーン

きれいの手口

秋田美人と京美人の「美薬」

1

美人の産地——こんなに違うのになぜ綺麗？

日本には「美人県」と呼ばれるところが数多くある。

「越後美人」の新潟県、「博多美人」の福岡県はもとより、青森県の「弘前《ひろさき》美人」、石川県の「金沢美人」も耳にするし、最近では沖縄県の「琉球美人」が芸能界を席巻《せっけん》している。

だが、そんな中にあっても「秋田美人」と「京美人」の知名度は突出。この二つの名は、当たり前のように使われており、美人産出地の両横綱と考える人が多いのではないか。

秋田では、面白い道路標識に出会うことがよくある。私が交差点で見たのは、車に呼びかける大きな白い立て看板で、

「美人多し一旦停止」

と書いてあった。また、

「この街美人多し、注意されたし」

と、お堅い警察署がこんな看板を立てるのだから面白い。友人たちもよく見ると言い、

「こういう標識、秋田美人の県だから許せるけど、他県がやっちゃ笑われるよな」

「他県はハナからやる気ないわよ」

と、当然の如く、美人県を認識している言葉だった。

京美人に関しても、興味深いエピソードがある。私の友人の息子が、京都の会社に就職が決まった。母親である私の友人は、息子にきつく言い渡した。

「絶対に、絶対に京都生まれで京都育ちなんていうカノジョは作らないでよ。両親も京都、一家代々京都なんて、絶対にイヤだからねッ」

私たち友人がその理由を聞くと、彼女はちょっと声をひそめ、渋い顔を作った。

「何かさ、京都って聞いただけで引いちゃうのよ。気位《きぐらい》が高くて、上から目線って感じでさ。腹の中がわからなくて、京都出身って苦手。あげく京美人の母親だの祖母だのが、

着物なんか着て出て来られちゃ、アータ、たまったもんじゃないわよ」

私たちは妙に納得した。

「確かに京都の人ってさ、東京を『田舎《いなか》』って言うくらい中心意識強いし、『天皇皇后両陛下は、今は東京に仮住まいしたはりまして、いずれ京都御所に戻られます』だもんね」

「すごい特権意識よね。私の友達なんかハッキリと『京女はどこに出しても恥ずかしくない』って言うもんね」

「でしょ。そんな気位の高い京美人を嫁になんか迎えたくないって、わかるでしょ？」

「わかる、わかる」

むろん、京都の人がすべてこうだと言うのでは決してない。

それからしばらくたった二〇〇七年、私は秋田の「わらび座」という劇団に、ミュージカル台本を書きおろした。小野小町の人生を扱ったものである。

小町は平安時代の才色兼備の女流歌人で、秋田出身というのが通説となっている。小町の父親は京都人とされ、彼女はその父を追って京に上った。そして、都で帝《みかど》の寵愛《ちょうあい》を受けたという説がある。

それは、今から一二〇〇年も昔のことだ。秋田の田舎から朝廷のある京に入った小町は、おそらく相当いじめられたのではないか。ましてその頃、東北地方と東北人は「蝦夷《えみし》」と呼ばれ、京、つまり中央からは人間扱いされていなかった。東北の人々が中央政権に決してなびかず、朝廷にしてみれば思い通りにいかぬ恨みもあっただろう。

秋田美人の小町が、京美人の京都へ乗り込み、帝の愛を得たというのは、台本を書く上で非常にそそられる。そこで、私は秋田美人と京美人について、色々と調べてみたのである。

その時、非常に面白かったのは、古い資料や文献ではなく、比較的最近の複数の雑誌や週刊誌が書いている内容だった。一例を紹介しよう。

「京女の場合は、実際に美人かどうかはあやしい。(中略)一概には美人産出地とは言い難い」

(『プレジデント』別冊二〇一〇年六月十七日号)

また、美人リポートのために全国を旅したエッセイストの酒井順子は、京都について、

「美人がいないのです。（中略）京都では最も美人から遠いところの非美人が多く見受けられ……」

（『週刊朝日』二〇〇七年十一月十六日号）

と書く。これらはいわば印象論で、京都に美人が数多くいることも当然だ。だが、こういう記事は少なくなかった。

一方、前述の『プレジデント』では秋田に関しては手放しでほめており、酒井も、「美人のあまりの多さにクラクラし（中略）『この町で非美人として生きていくのはさぞやつらかろう』と思い……」

とまで書いている。

「京都に美人は少ない」と仮定した時、「京美人」という言葉の根拠はどこにあるのか。手放しでほめちぎられる秋田と並んで讃《たた》えられるのは、何を根拠にしているのか。

そして、調べていくうちに、非常に多くの本に書かれている根拠があった。それをまとめると、

撮影＝木村伊兵衛「秋田おばこ」

顔立ちの美しさが際立つ——秋田の女は素の美人

「立《た》ち居《い》ふるまいや言葉づかい、人との接し方、行儀作法、さらには京都に対する誇《ほこ》り、京女であることの自負等々を小さい時から見て、教わって育つ。親から『～したらあきまへんえ』と躾《しつ》けられ、その結果、持って生まれた美人顔でなくても、京女は他を圧して美しくなる」

ということになると思う。

その後、秋田出身で読売新聞社の特別編集委員である橋本五郎と会った際、私にスパッと断じた。

「秋田の女は素《す》の美人。京都の女は磨《みが》かれた美人」

ああ、そういうことなのだ。非常に納得できる。私の友人が息子のカノジョに京女は困ると言ったのも、磨かれて育った女に対するコンプレックスだろう。我が身と照らしあわせて「引いちゃう」のだ。

服飾評論家の市田ひろみは、私の取材に対し、

「小さい頃から、私も母に『～したらあかんえ』と言われ続けて育ちました。何も教わらへんまま育ったら、平気で恥ずかしいことをしますやろ。例えば上座《かみざ》が空いている時、母

©amanaimages

立ち居ふるまいが洗練――京都の女は磨かれた美人

はまだ子どもの私に言うて聞かせるんです。『あの場所には座ったらあかんえ』と。そして京都の場合、ご近所さんがいっつも見たはるという意識がありました。笑いもんになったらあかんと」

そして、こうも言う。

「京都人のプライドがありますから、バレンタインとか外国の新しい行事はあんまりしませんね。流行にも飛びつきません。本音をオープンにせず、角を立てへん言い方をしますしね」

祇園《ぎおん》の茶屋「鳥居本《とりいもと》」は一七一六年の創業。現在の女将《おかみ》・田畑洋子も言う。

「私は京都で生まれ育って、舞妓《まいこ》を経《へ》て今に至ってますけど、小さい頃から『暑うても涼しそうな顔をしてなさい』とか『何か言う時はお腹《なか》で考えてから口に出しなさい』と躾けられました。今でも地方から来た子が磨かれ続けてますよ。泣いてますけど、これが京都の水で洗われるということですから」

まさに「磨かれて美しくなる」のであり、これは京都ならではであろう。その上、市田も田畑も言う。

「京都は水がいいから、女は肌がきれい。その上、京町屋はうなぎの寝床で陽《ひ》が当たらへんから、色が白い」

一方、秋田は素の美人で、もとが美しい。秋田美人の一般的な定義は「雪肌と言われる色白、くっきりした目鼻、手脚《てあし》が長く、スタイルがいい」であり、竹久夢二《たけひさゆめじ》の代表作「黒船屋」など、彼のモデルとして名高い秋田美人、お葉《よう》に重なる。

一三ページ、一五ページの写真の両美人は、農家の娘と舞妓。「素」と「磨」を象徴している。私は本書で、秋田と京都の女たちを通して、女が綺麗《きれい》になる要因を探りたいと考えている。肌や顔だちなど天が与えた「素」の生かし方と、立ち居ふるまいや思考など「磨」の生かし方を、二大美人から焙《あぶ》り出していきたい。

それは、美容やエクササイズ等のプロフェッショナルが伝授するノウハウとは違うが、ゆっくり少しずつでも効《き》いてくるのではないかと、私自身も期待しているのである。

（本文中、敬称略。以下すべて同様）

2 

気候・風土

——誰にでもできる美肌作り

今から一五年近く昔の八月、私は取材のために編集者とポルトガルに行ったことがある。その時、四十代前半かといった年頃の日本人女性が、通訳兼ガイドでついてくれた。彼女は二〇年くらいポルトガルに住んでいるそうだが、旅行中、うんざりさせられた。口を開けば、日本と日本人の悪口なのだ。口をきわめてののしった悪口の中に、日本人女性の「美肌へのこだわり」があった。

「美肌だ美白だって言って、日焼け止めクリームを塗《ぬ》って、太陽には絶対当たらないのよね。こっちの女はみんな太陽を浴びて、肌を焼いてのびのびと大らかよ。日本の女は島国根性丸出しでチマチマしてて、楽しみ方も知らないバカよ。恥ずかしい」

彼女は真っ黒に日焼けし、シミ、ソバカス、シワが顔中を覆《おお》っている。ショックだったのは、ノースリーブのシャツからむき出しの両肩だ。コーヒー色した大小の斑点《はんてん》がびっしりと浮かび、水玉模様のようだった。

それから二、三年後、私はやはり取材で中国の雲南省《うんなん》に出かけた。そこは北京《ペキン》や上海《シャンハイ》と違い、山岳民族も暮らす高地の田舎である。その時、古びた食堂に入った。そこの主人は中国人女性で、私と同い年だとわかった。五十歳になったか、ならぬかだ。それを知ると、彼女は私の頬《ほほ》に触れ、涙ぐんで言った。

「信じられない……私と同い年だなんて。日本の女は本当に若くて、肌も白くてスベスベね……。日本人の女性旅行者を見るたびにそう思うの」

私は彼女の指の感触を今でも覚えている。固くて、ヒビ割れたようにガサガサしていた。

あの時、彼女は言っていた。

「ずっと働きづめの人生でした。朝から晩まで工場で働き、帰るとすぐ、夫の父親の介護です。寝たきりでしたから。そしてすべての家事をやりました。二十代の私が夜明け前から働いて、あの頃は一日一八元（約三四二円）にしかなりません。夫は働かなかったので、私の稼いだ一八元で一家七人が暮らしていました」

日に焼けて毛穴の開いた顔は、七十代以上に見えた。どれほど過酷な生活環境だったのだろう。

ポルトガルも中国も、旅をしてからかなりの時間がたっているのに、この二人の女性を今でも思い出す。「美しい肌」を作る要素は、「気候」「風土」「生活環境」の三つだと、思い知らされた気がして、忘れられない。

日本で「美人の産地」として名高い秋田県と京都府。「秋田美人」と「京美人」としてその名は轟《とどろ》いているが、実はその美しさには違いがあるとされる。前章でご紹介した通り、秋田は、もって生まれた「素の美人」であり、京都は育っていく中で「磨かれた美人」という説を肯定《こうてい》する人は多い。

だが、この両地に共通しているのは、女たちの「白く美しい肌」である。

それを作りあげた要素として、両地の「気候」「風土」「生活環境」を見ていくと、具体的な共通点が浮かびあがる。

① 日照時間が短い

② 湿度が高く、年間を通じて変化が少ない

③ 水がいい

④ 家屋《かおく》が独特

まず、①の日照との関係だが、『秋田美人の謎』（新野直吉著　中公文庫）によると、「美人は日本海側に分布」と言ったのは、作家の松本清張だという。現実に、今でも「日本海側美人説」は根強い。また、「富士山の見えるところに美人はいない」という言葉もあり、私も何度か耳にしたことがある。むろん、太平洋側にも、富士山が見える地域にも、美人は多い。ただ、清張説や富士山説は「気候」と「風土」を象徴した言葉として、非常に興味深い。

日本海側は、かつて「裏日本」と呼ばれた。燦々《さんさん》とふり注《そそ》ぐ太陽とは無縁の地域。曇った空とみぞれと雪で、一年中湿っている地域。「裏日本」はそんな印象の言葉であり、「日

本列島の裏側」を示していた。現実に春や夏は短く、厳しい寒さの地で暮らす女たちは、外に出ている時間が短くなる。日に当たる機会が少なくなる。だが、結果として、それが肌によかった。

逆に「富士山の見えるところ」は、太陽がふんだんにふり注ぎ、温暖で、湿気が少ない。四季の花々がそよぎ、果物が輝く。その地の女たちは常に太陽と共に生き、光の中で恵みを受けることができた。だが、結果として、その気候、風土が肌によくなかったということだろう。よく言われているように、「紫外線」と「乾燥」は美肌、美白の大敵という証明である。

ここに、秋田地方気象台のデータがある。都道府県庁所在地にある気象官署の平均値では、秋田県の日照時間は日本一短く、一九七一年から二〇〇〇年の年平均が約一五九七時間。単純計算すると、一日に約四・三時間しか日が当たっていないことになる。秋田の女たちの雪肌が納得できる。

一方、京都も日照時間が短く、気候、風土の厳しさは秋田にひけをとらない。海がない内陸都市であり、三方を山に囲まれた盆地である。

『京男・京おんな』（京都新聞社）によると、冬の最低気温はマイナスまで下がり、東北並みの寒さ。逆に最高気温は九州の宮崎や福岡と肩を並べるという。こういう気候、風土は、猛暑や酷寒《こっかん》を遮断する「独特な家屋」を生む一因になったのだろう。京都の服飾評論家・市田ひろみは言う。

「京都の家は入口が狭《せも》うて奥行きがありますやろ。日ィが当たらへんようになってますの。せやから、京都の女はもやしみたいに色が真っ白」

秋田の家屋は吹雪《ふぶき》や積雪対策で、玄関や窓が二重になっている家が多く、これも日が入りにくい。

また、②の湿度も美肌には重要。秋田は「裏日本」の高い湿度で、京都は盆地の高湿度。さらに両地は、年間を通じて湿度の変化が少ない。前述の『秋田美人の謎』によると、肌の潤《うるお》いが一定であるためには、湿度の変化が少ない方がいいそうだ。

そして③の「水がいい」ことも共通。秋田には雄物川《おものがわ》、米代川《よねしろがわ》などの清冽《せいれつ》な川や田沢湖がある。京都には鴨川《かもがわ》があり、琵琶湖《びわこ》に隣接している。両地が有数の酒どころであることも、水のよさの証明だ。

祇園の茶屋「鳥居本」の女将・田畑洋子も市田も、きれいな白い肌にシミひとつない。田畑は言う。

「京都の女は、肌にはものすご自信があるはずです。軟水《なんすい》の鴨川と琵琶湖のお水のおかげで、昔からシミも肌荒れも縁がありませんねぇ。お湯は肌をカサカサにしますので、洗顔は真冬でもお水です」

秋田と京都の気候、風土に近いことを、私たちもやってみれば美肌になれるのではないか。

そう思っていた時、秋田の新聞『秋田 魁《さきがけ》 新報』に、美容ジャーナリストの山崎多賀子が、「保湿」こそが肌にとって最強のコツだと書いていた。

「健康的な美肌を『色ツヤがいい』と表現するけれど、とくにツヤは肌が潤っていないと絶対に生まれない。イキイキ感も肌のツヤから生まれる」

とし、さらに続けている。

「化粧水だけでなく、乳液、クリームなどで肌がツヤツヤ光るくらい保湿する。それだけで見た目三歳は若く見えます」

「美女の第一歩は日中の潤い。だまされたと思って、朝とメーク前の保湿の量を今の倍にしてみて！」

何と具体的でわかりいいことか。

水で洗顔し、保湿液の量を倍にし、紫外線を避ける。

秋田美人と京美人から学ぶこれらは、日本のどんな気候、風土の地域に住んでいようと、すぐに実行できる。

生活環境に関しては、日本女性の場合、先の中国人女性のような過酷さはないにせよ、個々人の置かれている状況は多様だ。ただ、ほんの一〇分でも自分に手をかけようという意識と時間の捻出は、後に大きな差となって肌に出るのではないか。

ポルトガルの彼女の心理を、今頃になって思う時がある。日本への悪口雑言は、日本への愛惜《あいせき》と、帰りたくても帰れない事情の中で出たものではなかったかと。あの日、私がたくさん持参していた日焼け止めクリームを手渡し、

「使ってね。ほんの一〇分でも手をかけてみて」

と、なぜ言えなかったかと。

3

食事――〝昔の当たり前〟でダイエットいらず

ある時、私の女友達がダイエットに成功して、それはそれはきれいになったと噂が広がった。そこで、彼女を含む女ばかり数人で、一年ぶりに夕食をとる約束をした。

当日、指定の中華レストランにフェミニンなワンピースで現れた彼女を見て、私たちは目を疑った。噂以上だった。ほっそりした体、小さくなった顔、見た目五歳は若返り、誰もがうなるしかなかった。

身長が一五四センチほどの彼女は、これまで体重は七〇キロ超だった。どうやってやせたのかと迫る私たちに、誇らしげに答えた。

「炭水化物制限よ。一年前から」

中華レストランでも、炭水化物は注意深く皿に取り除き、決して食べなかった。

さらに一年後、また私たちは同じレストランで夕食をとることになった。

やって来た彼女を見て、私たちはまた目を疑った。ものすごいリバウンド!! 杖《つえ》をつき、外国の老女のようにやっと歩く。八〇キロ近いように見えた。

彼女は荒い息をして、言った。

「炭水化物を絶《た》つのがつらくて、つい一口食べたら、もうダメ。毎日、鬼のように食べて食べて、以前から悪かった膝《ひざ》にきたの。手術して、医師からやせろと言われてるけどできないのよ。プールで歩くレッスンも受けてるけど、体がきつくて続けられないの。あなたたちに忠告しておくけど、常日頃から丁寧にきちんと食べて、体重管理するしかないの。どんなダイエットであれ、私は無理があると思うわ」

つまり、常日頃から「バランスよく食べよ」ということだが、何だか言い古されて、うっとうしい言葉である。とはいえ、立てかけた杖が倒れても、拾うのが難儀そうな体を目《ま》のあたりにすると、その言葉は重い。

私は二〇一二年五月、『十二単衣《ひとえ》を着た悪魔――源氏物語異聞』（幻冬舎）という小説を出したのだが、その取材のためにたびたび京都を訪れ、しばらく滞在もした。そんな中で、「太った女性」に会うことは、きわめて稀《まれ》だった。むろん、暮らしていたわけではないので、会う人は限られているが、京都の女たちは老いも若きもほっそりして、姿が美しい。

その理由を四十代の京女たち数人に聞くと、全員が「特に注意はしていないし、何もやってない」と言う。だが、そんな言葉を鵜《う》のみにはできない。女というもの、必ず「何もやってない」と言いたがる。女優やモデルという人でさえ、肌や若さをほめられたりすると、

「何もやってないんです。エステにも行ってないし、洗顔して化粧水つけるくらい」

と言ったりする。肌にせよ体形にせよ感性にせよ、老化は毎日やってくる。少しでも遅らせるために、裏では何がしかの注意や励行を課していると考えた方がいい。

京都で彼女たちと、日々の食事やダイエットの話に盛りあがっていると、一人が思い出したように言った。

「お野菜でもお魚でも、すぐきとかのお漬け物でも、京都ではその季節に、その季節のも

んが出てくるんです。季節のもんを食べなあかんいうことは、祖母からも母からも教わったわ」

「うちもそうやわ。今は何でも一年中出回ってるけど、それでも季節のもんを選んで、家では必ず和食です。外でも和食がいいって言わはる人、多いしねぇ」

「多いなァ。京都の和食は旬のお野菜やお魚を使うてて、ほんまにおいしいし」

「内館さんが、京都の女に太ったはる人はいいひん（いない）と思わはったんやったら、それは『旬の食材を使った和食を、毎日まじめに食べてる』というおかげやと思うわ」

みんながそうだそうだと笑ったのだが、「旬の食材を使った和食を、毎日まじめに食べてる」という言葉こそ、すべてを表わしているように思う。多くのダイエット情報に惑わされ、リバウンドを繰り返しがちな私たちにとって、これこそが京美人に学ぶ極意のような気がしてならない。

そして、『十二単衣を着た悪魔』を書くより五年ほど前に、私はミュージカル『小野小《おののこ》町《まち》』を書いた。小野小町は秋田出身とされ、私は取材のためにしばらく秋田に滞在した。偶然にも京都の紫式部《むらさきしきぶ》と秋田の小野小町という美女二人について、現地で調査したり聞いたりしたわけである。

『十二単衣を着た悪魔』でも『小野小町』でも、時代考証を引き受けてくれたのが作家の井沢元彦である。彼は『逆説の日本史』をはじめ、歴史論や歴史小説を数多く出している。

井沢によると、当時の日本人女性の身長は一三五センチほどで、体重は三五キロ前後だろうという。紫式部も小野小町もそうであったとすると、BMI（体重÷身長［メートル］の二乗）は一九・二程度になる。現在、BMI二〇以下は「やせすぎ」とされ、二五以上は「肥満」とされる。そう考えると、千年昔の女性の、一九・二というBMIは、小柄ではあるがモデル体形といえるかもしれない。

平安時代の当時、女性たちが肥満に悩むことはあったのだろうか。『今昔《こんじゃく》物語』には肥満の男性貴族の話が出ていたり、『小右記《しょうゆうき》』にも男性貴族の食べっぷりが出ていたりするが、女性の肥満はどうなのだろう。

井沢は、

「貴族であっても、非常に粗末な食生活だった。それに、高脂肪、高カロリーの食品はなかったわけですよ。冷凍庫もないし、その季節に採れた新鮮なものを、素朴な和の味つけで食べていた。おそらく、普通に暮らしていれば肥満にはなりようがなかったでしょう」と言った。またも、出てきたのは「季節のもの」と「和の味つけ」である。平安時代であるからして、フレンチもイタリアンも中華もないのは当然と思われようが、実はここに大きなポイントがある。

秋田大学医学部教授であった島田彰夫は、人間の「食性」を研究してきた医学者である。つまり、ヒトという動物は何を食べるのが最も体に合っているかという研究だ。島田は私との対談の中で断言している。

「今の価値観で言えば粗食と思われるかもしれないが、『昔の当たり前』という食事が一番いいんです。『昔の当たり前』というのは、何千年という、言ってみれば人体実験の歴史みたいなね、そういうものの中ででき上がってきたのですから」

島田は、日本人にふさわしい食生活について、

「穀類と大豆と季節の野菜を食べること。夜は動物性タンパク質を一品加えるかで、もう十分」

としている。

これは、つまり「旬の食材を使った和食を、毎日まじめに食べてる」ということだ。現代のほっそりした京美人たちの食生活は、「何もしていない」どころか、まさしく島田が語った「何千年という人体実験の歴史」に基づいていることになる。

今、日本では食に関する情報があふれ、何を信じたらいいのか混乱する。「肉食はやめよ」という説があれば、「肉食は生命の源《みなもと》」という説もある。「一日一食にせよ」という説もあれば、「三食きちんと食べよ」という説もある。炭水化物や油の摂取にしても、正反対の説を耳にする。そんな中にあっても、「和食と旬の素材がいい」という説の反対論はあまり聞かない。それは平安時代からの「人体実験の歴史」であり、その事実こそが納得できる根拠のように思う。

井沢の考証によると、平安時代は貴族のみが白米を食べ、庶民は雑穀中心で、時々、玄米だったという。調味料はせいぜい塩、醤《ひしお》、酢《す》くらいしかなく、甘味《かんみ》は甘葛《あまづら》という植物を煮出していた。肉も食べたが、鳥が主。保存技術がないため、京都は近くの川魚を釣ってすぐに食べ、秋田は鮭などを雪に埋めて保存したことも考えられるという。

昨今、雑穀や玄米食が見直され、低脂肪食が推奨され、「昔の当たり前」が現実になりつつある。これは社会や風俗によって変遷した食生活が、「人体実験」を経て落ちつくところに落ちついたということかもしれない。

4

気質

——日々の暮らしが引き出す美しさ

ずい分と昔のことだが、私の女友達は非常につらい目に遭い、当時住んでいた町を捨てた。彼女は「逃げるように沖縄に移住した」と言っている。

沖縄に数年住み、癒された今は生まれ故郷に戻り、母親と穏やかに暮らしている。その彼女はこの連載を読んでいるそうで、先日、久々に電話が来た。

「美しい女って、生まれ育った土地特有の気質を持っていると思うの。その土地の歴史や風土が作った性格というか気質ね。県民性というか、他の地方にはない独特な気質」

彼女は思い出すようにゆっくりと続けた。

「沖縄で、私のこと、何かワケありだと察した時、隣のお婆さんが『ナンクルナイサー』って言って笑ったの。『どうってことないよ』という意味ね。その笑顔がものすごくきれいでね。気をつけてみると、沖縄の人って、しょっちゅう言うのよ。ニコッと笑って『ナンクルナイサー』って」

何でも陽気に明るく笑い飛ばしてしまおうという県民性は、海と太陽と島の歴史が作り出したものだ。彼女はそう断じた。

「その土地が育てた県民気質って、全国にあると思うの。それは、県民の精神的支柱なのよ。背骨よ。背骨があれば強いし、きれいよ。沖縄の女は、何かあるたびに『ナンクルナイサー』って懸命に生きてきた。その精神的支柱が美人にしているのよ」

それは私も感じていた。秋田と京都に関する資料を読んだり、現地で人と会ったりしているうちに、両地の人々には独特な気質があることに気づかされたのである。面白いことに、その地方独特の気質の多くは、「ナンクルナイサー」と同様に、たぶん「方言」で表現される。

京都では「イケズ」という気質だ。

京都の人々はよく、「イケズな女や」などと言う。「イケズ」という方言のニュアンスを、他地方の人間が理解するのは難しいが、『京男・京おんな』(京都新聞社)では、次のように定義している。

「相手を鋭く批判しながら、相手に怒る理由をあたえず、しかも自分の立場は安全にしておいて、主張だけは通そうとする」

こう書くと意地が悪くて、利己的な印象を受けるが、服飾評論家の市田ひろみは言う。

「決して悪口には聞こえへん言い方で、優しく婉曲《えんきょく》にものを言うて、角が立たへんようにすることとやね。それは京都人にはありますね」

たとえば、何かのイベントで実行委員長を選ぶとする。誰かがA夫人を推せんすると、彼女を気に入らない人が言う。

「よろしおすなァ。Aさん、きばっておいやすしなァ。そやけど、あんだけお忙しかったらかえってご迷惑かもわかりまへんえ」

と言って、候補から外す。これだとA夫人に漏れても悪口にはならない。東京あたりだと、「Aさんは反対。彼女、リーダーには向かないよ」と言いそうで、これは漏れると悪口にもなる。

前出の書には、京都の子どもたちが遊んでいる時の例も出ている。気にくわない子が加わろうとすると、サッと遊びをやめて、「もうやめた。帰ろ」と散ってしまう。これは遊びをやめたのであって、仲間外れにしたわけではない。だから、怒れない。子どもの頃から「イケズ」の精神だ。市田は笑って言った。

「そういうふうに育てられてんねん、私らは。急に他の地域の人はできひんやろね」

また、井上流家元の井上八千代は同書で、京女について、

「即座に返事しないので、イケズやいわれるのどす」

と述べている。

祇園の茶屋「鳥居本」の女将・田畑洋子も私の取材に答えている。

「バーッとしゃべったらあきまへん。お腹の中でひと言考えてからしゃべらなあかんと教えられ、育てられましたね。京都の人は本音を出さへん、イケズやとよう言われますけど、面と向かってズバッと言葉に出すのははしたないし、相手を傷つけてしまう場合がありますさかいね」

「イケズ」は「意地が悪い」ことと短絡的に結びつけられがちだが、感情的にぶちまけることを避ける気質は、「相手を思いやる」ということにもつながる。

なぜ、京都に「イケズ」という気質が育ったのか。同書では「古都千二百年の伝統の深さ」が一因だとして、次のように書く。

「京都では治乱興亡《ちらんこうぼう》がはげしく、周囲の監視や束縛もきびしかった。東京人のようにズバリとものを言い、直情的な行動をとれば、とても生きていけなかった。

だから直情を知性でおさえ、言動に思考の時間をかけて、内面で屈折させてから表現する。高級で内容の深い京文化は、こうして育った」

イケズが一朝一夕には真似のできないものだとわかる。この「直情を知性でおさえ、言動に思考の時間をかけて」という気質は、間違いなく美人の一要素だ。

一方、秋田には「ハラツエ」という気質がある。これも方言で、「腹が強い」つまり「お腹いっぱい」という意味だ。

これが転じて「強気に出る」という意味を私に教えてくれたのは、名編集者と呼ばれた島森路子《みちこ》だ。余談だが、彼女は雪肌でくっきりした目鼻に、長い手脚の典型的な秋田美人である。

ハラツエという気質は、見栄っぱりとか虚勢を張るとかに思われがちだが、島森は、

「お腹がすいているのに、お腹がいっぱいのように見せるわけで、可愛くないし、墓穴も掘る。だけど、これは強さであり気概でもあるのね」

と言っていた。

たとえば、Aさんはいつも松茸を店で眺めるだけで、高くて手が出なかったとする。そこにご近所のBさんから「いっぱいもらったから、松茸あげようか」と言われた。するとAさん、のどから手が出るほど欲しいのに、言ってしまう。

「あらァ、松茸だば、おらほももらってもらって、何とせばいいが。ごめなァ（松茸はうちでも頂いて頂いてどうしようもないの。ごめんね）」

また、古びてガタガタの小売店があったとする。周囲は、建てかえておしゃれな店ばかり。建てかえたいが、お金がない。客に「そろそろ、お宅も？」と言われ、答える。

「いや、わざと直さねなだ。今、レトロだとかはやってるべ。この方がずっといいどて、みんなに言われるもの。直さね（わざと建てかえないのよ。今、レトロとか流行してるし、こ

の方がずっといいってみんなに言われるから。直さないわ）」

むろん、こういう言葉を聞いた人たちは、陰で言うのだ。

「フン、金もないのにハラツエごど言って」

秋田市出身の女優・浅利香津代《かづよ》は、「お腹いっぱいに見せる気質」について、言った。

「気骨《きこつ》ですよ。貧乏くさく見られたくないという気骨」

これは、島森の言う「気概」にも通じる。秋田は人口比では、美容室の数が全国一である。これも、くたびれた外見を嫌う、ハラツエの一端なのだろうか。

なぜ、秋田にはこの気質が育ったのか。浅利は個人的見解とした上で、言う。

「歴史が一因かもしれない。昔、東北地方は中央から外されていたでしょう。その時のつらさと誇りが、今に伝わっているのかも」

中央、つまり京の朝廷に対し、東北地方は服従を拒んだ。意のままにならぬ東北は、朝廷にとって不快なものだったはずだ。結果、当時の東北は「蝦夷《えみし》」と呼ばれ、住民は蛮族《ばんぞく》として蔑《さげす》まれ、差別を受けることになった。それでも意を貫《つらぬ》いたのだが、それは心身ともにきつい状況だったと思う。そんな中で、「貧乏くさく見られてたまるか」というハラツエ精神が育ったのではないかとする浅利説は、とても面白いし、ロマンがある。

前述の『京男・京おんな』は書く。

「(京都の人は)長年のしきたりを破壊しようとする相手を、心では許さない。そうでないと、自らも破壊されてしまう。この反発力、一種の精神的な〝防衛反応〟が、京都人の〝イケズ〟の本質である」

種類は違うが、京都人の反発力と防衛反応は、秋田人の気骨と防衛反応にも重なる。

今、地方色はどんどん薄れているが、各地には方言で表わす独自の気質があるはずだ。そのいいところを取り込み、背骨にすると、他地方の女と明確に違う美しさを醸《かも》すのではないか。

5

緊張感
――これがなくなると目に見えて老ける

ポーラ化粧品が全国約八万名の女性をスキンチェックし、「美肌県グランプリ」を発表した。（二〇一二年）

総合第一位は、島根県である。二位が山梨県、三位が高知県、四位が岡山県。このベスト4は、これまで「美人県」として名が出ていなかっただけに、マスコミでも驚きと賞讃をもって話題になっていた。

このチェックは、肌に「シミができにくい県」とか「シワができにくい県」など六部門の偏差値を算出。その平均値で総合順位を決定したものである。予想調査では第一位だった秋田県は、総合五位。京都府は総合三一位であった。

そんな中、秋田の友人たちの反応が面白かった。異口同音に言うのである。

「五位で、肩の荷が降りたでばァ。秋田さ生まれたってだけで、女がみんな色白でもち肌で、目鼻くっきりの美人なわけねべさァ。だども、『秋田』って聞くだけで、相手は『美人』って思ってしまって、じっと見たりするものなァ。こっちとしては、少しでもご期待に添わねばなんねと緊張して、努力もするわけ。そうすると、相手が『やっぱり、秋田美人だなァ』とか言うから、その言葉がますます力になったり。秋田美人は、賞讃と緊張が作ったもんだな」

そして、さらに言う。

「秋田の場合、子どもも同じ。全国学力テストで、秋田の小中学生は毎年、トップランクにいるべ。もう五年連続だから、全国から視察が来て、ほめるわけ。その賞讃と緊張感が、子どもの学力を保たせてるなだ。大変なんだよ、秋田の女と子どもは」

とぼやくのには、こちらが笑った。

京都の三一位に関しては、本書で私の担当だった若い女性編集者が、

「ふるまいの美しさが、美人の要素であることを示している証拠だと思います」と言った。これは鋭い指摘だと思う。今回のランキングは「肌」に限定したものであったが、美人というものは、肌だけでは測れない。その他にふるまい、風土が与える気質、生き方等々がからみあい、層を成し、美人を作りあげていく。肌のランキングが三一位であっても、「京美人」という称号は、今後も間違いなく続く。これは、「美人」というものが、ふるまいの美しさなど多くの要因によって作られている証拠だ。

そして先日、私はすごい「事件」に遭遇した。秋田の友人たちが、美人は「賞讃と緊張感で作られる」と言った言葉を裏付けるようなできごとだ。

ある晩、私は女友達数人と久々に食事会をもったのである。「事件」の主人公はその中のA子。彼女もさすがに反省したらしく、書いていいというので書くが、A子は外資系企業で世界を飛び回るキャリアウーマンだった。いつでも男たちとわたりあい、女たちからは憧《あこが》れられ、常に他人の目の中で生きてきた。当然、メークもファッションも手を抜かず、体形もみごとに維持していた。

A子にとって、そんな生活はつらいどころか自分に合っており、生き生きと暮らしていたのだが、事情があって実家に帰ることになった。「もうさんざん働いて、やり残したこともないわ」と言い、彼女はスパッと仕事をやめ、地方都市の、それもかなりの田舎に帰って行った。

ボランティアや趣味に加え、時々は翻訳のアルバイトなどをして、とても快適に暮らしているという手紙がよく届いた。そして、先日、久々に仲よし数人で会ったわけである。

何と！　A子の昔の美しさは、どこにもなかった。二倍近くに太り、半端な長さで膝の出たニットズボンに、パンダのような白と黒のドカッとしたセーター。リュックを背負い、ベージュのオバサンっぽい帽子をかぶり、スニーカーである。何よりもノーメークというのに驚いた。

お酒も回った頃、ついに友人の一人が怒った。

「あなた、いくら何でも緊張感なさすぎ！」

すると、A子は神妙に、

「うん。今日、久しぶりに東京に出て来て、そう思った。ちょっと反省してる」

と答えた。そして、

「あっちにいると、どんどんラクしちゃうのよ。美容院に行くのも面倒になって、前髪なんて自分で切っちゃうし、帽子かぶれば隠れるし。メークなんて面倒くさくて」と笑った。私たちは、あれほどカッコよかった彼女が、どうしたらこうも一気に転落するのかと、そこが聞きたかった。「面倒」という言葉を何度も口にしたが、それがポイントのように思った。彼女は言った。

「転落なんて簡単よ。人間ってラクな方に流れるってホントね。誰も見てないから、面倒なことはどんどんやらなくなるの。これってラクよォ。今日も、もうちょっとマシな恰好して行こうかなと思ったけど、ま、アナタ達だからいいかって」

「アナタ達だからいいか」という気持ち、何だかよくわかる。だが、以前は私たちと会う時でも手は抜いていなかった。「いつも誰かに見られている緊張」と「憧れられ、ほめられる自信」が、A子を作っていたのだ。

『京都花街　舞妓《まいこ》と芸妓《げいこ》のうちあけ話』（相原恭子著　淡交社）を読んでいると、興味深い文章があった。

「仕込みさんから、舞妓さん、そして芸妓さんになると、誰だかわからなくなるほど美しくなる人がいる。綺麗になるには、外見だけでなく、礼儀作法や立ち居ふるまいがきちんとしていることも大切だ」

こうして、祇園の女たちは磨かれていくわけだが、若い舞妓は同書で、次のように語っている。

「舞妓に出てから、いつでもどこでも、すぐにカメラを向けられます。気軽に外も歩けへんのどす。肥《こ》えてしもうて、おかあさんに『少し痩《や》せなさい』と言われ、ダイエットしてます。同期やねえさんたちと比較されますから、自分だけ不細工では気が引けてしもうて、舞にも自信がもてなくなります。少しでも綺麗になろうと思います。写真に撮られることが多く、自分の容姿を客観的に見るようになりました。眉をもっとこうして、とか、口紅の描き方は……、などと毎日気になります。『綺麗だね』と言われると、自信がついて、表情が生き生きするような気がします」

同書では、こうして「周囲に揉《も》まれて、競争心も出て、垢抜《あかぬ》けてゆく」とし、「常に注目される緊張感も、美しくなる秘訣のようだ」と書いている。

冒頭の秋田の友人たちの言葉も、A子の言葉も、これと重なるところがある。「秋田」

と聞くだけで、「美人」とされる恍惚《こうこつ》と不安。ご期待に添わねばとする努力。そして、「さすが秋田美人」という賞讃が自信をつける。常に見られている緊張感が女をきれいにすることは、確かにあるのだ。

よく「恋をするときれいになる」と言われるが、それこそ「緊張感」が作りあげる美だ。そこには恋人の目はもちろんのこと、恋人の友人たちの目もある。友人たちに、「あいつのカノジョ、そんなにきれいじゃないよ」と噂されては、彼にも申し訳ない。肌から立ち居ふるまいまで、懸命に努力を重ねるのだから、恋が女をきれいにするのは当然だと思う。

私たちは、年齢や環境に関係なく、「他人に見られている」という意識を、もっと持つべきかもしれない。むろん、家でくつろいでいる時まで緊張せよということではない。生活の中に、うまく「ハレ」の日を取り入れることではないか。日常生活が「ケ」なら、他人の目がある場所を「ハレ」とし、出かけていく。子どもの学校の保護者会でも、クラス会でも、親しい友人と二、三人で食事する時でも、夫と外出する時でも、自宅を出る機会をすべて「ハレ」とし、他人の目を意識する。そうするだけで、かなり美人度が違ってくるように思う。

ところで、A子のその後だが、友人の一人が出張の帰りに彼女宅に寄ったという。

「イヤァ、びっくりした。痩せるためには体を隠しちゃダメって言って、アータ、レギンスでお出迎えよ。ちょっと極端すぎるって言ったんだけどねぇ」

それでも「やらないよりはいいか」と一致したのであった。

6 

温泉効果——〝シャワーより湯船〟で肌は変わる！

晩秋のある夜、女友達に電話をかけた。すると、

「ごめん、これからお風呂で、今、半分ハダカなのよ。あがったらすぐかけ直す」

と言う。

それからほんの二〇分たったかたたないかという時、彼女からの電話が鳴った。私は驚き、

「お風呂を後にしたの？　申し訳ない、そんな急ぐ話じゃなかったのよ」

と謝った。が、彼女はケロッと、

「お風呂からあがったとこよ。大丈夫」

と言うではないか。混乱したのは私だ。「半分ハダカ」であったとしても、脱衣して風呂に入って着衣するのに、二〇分はありえない。だが、彼女は当たり前のように言った。

「こんなもんよ。シャンプーもしてるし」

え……二〇分でシャンプーまですませたのか。

「だって、シャワーだから。私、一年中ずっとシャワーよ。簡単だし早いし」

「でも、夏以外はシャワーって寒くない？」

「部屋をあったかくしておくから、問題なし」

「シャワーって、湯あがりの肌が乾燥しやすいとか言わない？」

「うん。だから、あがったらすぐにボディクリームをすりこむの。それを入れて二〇分よ」

「だけどサァ、湯船であったまった方がリラックスできるでしょうよ」

「あら、リラックスなんてあったかい部屋ですりゃ同じよ。シャワーだと掃除もラクだし、ずっといいわ」

まったく、ああ言えばこう言う。だが、それもそうかなと思わされ、それっきり忘れていた。

それからしばらくたち、十二月のある日、私は仕事があって秋田に行った。町は真っ白な雪景色で、暮れた空から粉雪が降り続く。仕事を終えた私は、窓からそんな景色を眺め、友人たちとキリタンポ鍋を囲んでいた。友人たちは秋田の地酒を飲み、色白の肌がほんのり紅くなり、やっぱりきれいだ。秋田って、どこにも美人がいるんだなァと彼女たちを見ていると、一人が盃《さかずき》を伏せた。

「明日、車の運転するがら、やめておぐ（やめておく）」

この雪の中をどこに出かけるのかと聞くと、

「温泉。ハシゴするなだ。近所の奥さんたちと八郎潟《はちろうがた》でな」

という答には驚いた。「温泉のハシゴ」か。すると、ほんのり紅色《べにいろ》の女たちが、口々に言う。

「こっちでは、みんなハシゴしてるでば。日帰りでも二つ三つは回れるべ。あちこちに温泉あるがら、ゆっくりぬぐだまるの（あったまるの）」

話しているうちに思い知らされたのだが、秋田の女たちにとって、温泉は日常の暮らしの中に、当たり前にあるものなのだ。私たちの場合、「明日は温泉！　楽しみだなァ。旅館の夕食は何が出るだろう」などとワクワクし、それは「旅」なのだ。「温泉旅行」なのだ。

しかし、秋田の女たちの場合、自宅の風呂に入るのと大差ない意識である。秋田市中心部にある「秋田中央ＩＣ」から秋田自動車道に乗れば、二五分ほどで「五城目《ごじょうめ》・八郎潟ＩＣ」に着く。大潟村《おおがたむら》や、男鹿《おが》の温泉をもハシゴできるだろう。「旅館の夕食に何が出るか」という感覚ではなく、三〇〇円程度の入湯料で体をじっくりぬぐだめ、肌を磨く。そういう温泉施設があちこちにあるという。秋田に限らず、全国の温泉地の人々はみな、そんな温泉施設を日常使いしていると思う。

その夜、彼女たちと別れた私は、ホテルの湯船につかりながら、「やっぱり、あのきれいな肌は、日常使いの温泉が作ったものよねえ……」と思い、温泉が「旅」ではダメなんだなァと思っていた。

そして年の瀬もおしつまった頃、読売新聞販売店が届けてくれた『リエール』というＰ

R冊子を何気なく開いた。そこには、

「浴槽での入浴を毎日続けることで肌の弾力や水分量がアップします」

と大きな見出しがあった。これは、東京ガスのシンクタンク「都市生活研究所」が実験によって実証したと、ハッキリ書いてある。「シンクタンク」というだけで信じられそうな上に、この実験が非常に興味深い。

実験では、いつもシャワーだけで済ませていた人を二週間、浴槽入浴に切りかえさせた。その結果、肌弾力や肌水分量がアップし、肌のキメも向上したそうだ。さらに、専門家による視診・触診を受けさせたところ、肌のくすみ、つや、潤《うるお》い、なめらかさがアップしたと診断されたという。

シャワーと浴槽の効果差が、グラフでも表示されていたのだが、それを見ると、もうシャワーでは済ませられなくなる。たとえば、目尻の肌水分量の変化量などは、浴槽の方が九五ポイント近くも高い。頰《ほほ》の変化量も、キメ指数や肌弾力の数値も、すべて浴槽入浴の圧勝である。

そして、圧勝の理由が書かれていた。

それは体の芯まで温まる「温熱作用」と、血流を押し出す「水圧作用」、体の緊張をほぐす「浮力作用」、この三つの相乗作用なのだという。それによって栄養素や酸素が体中をめぐり、老廃物も排泄《はいせつ》しやすくなる。美容効果が高くなる。

私はこれを読んだ時、温泉地に住めないなら、自宅の風呂をできるだけ温泉に近づければいいのだと気づいた。

その最大ポイントは、シャワーをやめることだ。温泉旅行をした場合、シャワーで済ます人はいない。前出の「二〇分シャワー」の友人でもだ。家庭の風呂でも、美容効果が証明されている以上、まずは浴槽入浴で、温泉に一歩近づけよう。

そして、同冊子には入浴剤の紹介もされていた。家庭風呂のさら湯と温泉を比べた場合、温泉の方が種々の効果があるのは、湯の成分が違うからだという。そのため、さら湯を少しでも温泉に近づけようとして生まれたのが、数々の入浴剤である。炭酸ガスを含むもの、漢方系、精油系、酒系、塩系など色々ある。家庭の浴槽を少しでも温泉に近づけようと考えると、今までとはまた違った選び方になりそうだ。

京都の友人に、そんな話をすると、

「京都の近くにも温泉は色々あるねんけど、やっぱり秋田の人らみたいにサッと行くことは無理やねえ。統計取ったわけやないけど、京都の女って、シャワーだけで済まさはる人、あんまり聞いたことないわ。私の周りでは思いつかへんわ」

と言った後で、

「なんでかいうたら、みんな果物の皮で入浴剤作ったはるし。皮をほかさんと（捨てずに）干《ほ》すさかい、京都の女はケチや言われるねんけど」

と笑った。彼女によると、ほとんどの果物は、むいた皮を天日に干すと、いい入浴剤になるのだと言う。

「りんごやろ、みかんやろ、桃もええねんで。干しあがったら木綿《もめん》の小袋にぎょうさん（たくさん）入れて、湯船に浮かべるねん。甘いええ匂《にお》いがして、お肌なんかツルツルになるわ。小袋で顔や体をポンポンと叩《たた》いたりな」

そして、不思議そうにつけ加えた。

「なんでか知らんけど、外国の果物は向かへんの。パイナップルもマンゴーもキウイもあかんかった。和のもんがええみたいで、和やったら野菜もええねん。春菊、しょうが、よもぎ、山椒《さんしょう》、しそ、匂いのある野菜がええみたい。ほんのりと匂いが立って、温泉に行かんでもええほど。友達らもみんな一時間くらいあがらへん言うたはるわ」

温泉成分とは違うが、これも家庭の風呂を温泉に近づける一案かもしれない。

私は前述の女友達に、浴槽と温泉効果の話をし、秋田美人と京美人に倣《なら》えと伝えた。すると、黙って聞き入るので、さすがに説得されたなと思っていると、言われた。

「今、聞きながら考えてた。湯船に入るのも果物干すのも面倒だから、本物の温泉行こうよ！」

ダメだ、こりゃ。

7

色気——いったいどこから出てくるものなのか？

壇蜜《だんみつ》というグラビアアイドルがいる。秋田県横手市出身である。

彼女は女優、タレントの肩書きも持ち、映画やテレビでも活躍。色白の穏やかな顔立ちの秋田美人だが、ヘアヌードもいとわず、週刊誌などで性生活も語る。二〇一〇年、二十九歳の時に『週刊SPA!』でグラビアデビューしたというから、わずか三年で、今や一世を風靡《ふうび》している。

私は二〇一二年あたりから、彼女に関心を持つようになった。というのは、彼女に対する男たちの「メロメロぶり」だ。バラエティ番組などでは、壇蜜がいるというだけで、共

無防備なのに媚びない
それが品のいい色気だといわれる
秋田出身の壇蜜

演の男たちのテンションが異常に高い。また、一流の俳優、ミュージシャン、作家、プロデューサー等々、地位も名もある男たちが、「壇蜜のファンです」と名乗りをあげる。

　これは興味深い現象である。ヘアヌードに挑んだグラビアアイドルは数多いし、壇蜜よりもっと若く、もっとグラマラスな肢体をさらした女たちも多かった。だが、彼女のような、「社会現象」ともいえる状況には、とうていなり得なかった。そして、一流の有名人男性たちが、公然とファンを名乗ることも、今までにあっただろうか。

　さらに興味深いことに、壇蜜に対する女たちのバッシングが聞こえてこない。それどころか、女性誌にも登場する。グラビアアイドルを女性誌が載せるなんて、今まで聞いたことがない。テレビ番組で見る限りにおいて、彼女の話し方と表情には、独得な甘さとニュアンスがある。こういう色気は女受けしないはずなのに、不思議なことだ。

　一方、杉本彩という女優がいる。彼女は京都の祇園出身である。

　ダンサーとしても小説家としても、また実業家としても才能を発揮しているのだが、団鬼六《おにろく》原作『花と蛇』の映画に主演。原作の過激な性描写を、臆することなく演じ切り、テレビ番組などではやはり自身の性生活も語る。

生きることへの情熱と強い意志が色気を醸し出す
京都出身の杉本彩

彼女を熱烈に愛する男たちが多いのはもちろんだが、これも不思議なことに、女たちも支持する。「女としての色気がありながら、自分を貫く姿に憧れる」「何をしても堂々としていてカッコいい」等々、私の周囲の女たちも言う。

私は一九八九年に、TBSの連続ドラマ『オイシーのが好き!』で杉本と仕事をしている。私は駆け出しの脚本家で、杉本としても最も初期の出演作だろう。彼女の役はOL三人組の一人で、決して大きな役ではなかったが、二十歳そこそこなのにすでに凛《りん》とした雰囲気を漂《ただよ》わせ、強い目が印象的な人だった。私がプロデューサーに、

「若いのに雰囲気がある人ね」

と言った時、彼は、

「京都の子だから」

と答えた。京都というのは、やっぱり違うなァと思ったことを、今もよく覚えている。

壇蜜と杉本彩、この秋田美人と京美人のあり方は、女の「色気」を考える時、とても示《し》唆《さ》に富んでいる。

先日、私は二十代後半の男性サラリーマン三人と食事をした。「あなたたち、壇蜜って

どう思う？」

私がそう訊《き》くと、そろって「たまんないっす」「ＤＶＤ買いました」と言う。どこに魅力を感じるのかと突っ込むと、

「ホワ〜ンとして、のどかな色気がある」

「トークを聞いていると、頭のよさがわかる。頭のよさとエロのギャップがすごく色っぽい。若いアイドルとは全然違う」

「なんか品がいいんだよね」

その十日後、今度は四十代と五十代の男友達五人と食事をしたので、同じ質問をしてみた。すると一人が開口一番、

「男で壇蜜を嫌う人、いないと思う」

と断言したのには驚いた。そして、

「何か癒やされる。何をやっても下品にならない色気」

「無防備なゆるさ。なのに媚《こ》びていない」

「どんな男にも、自然に自分を溶かして、それが自分も嬉しいみたいな」

「一緒に死のうって言ったら、うんって言って体くっつけてくる感じね」

壇蜜の色気のキーワードは「品がいい」「媚びない」「相手に溶ける」のようだ。

一方の杉本について、二十代の三人は言っていた。

「強くて情熱的。今の俺らではちょっと勝てない」

「壇蜜って持って生まれた資質のまんまって感じがある。だから癒やされる。一方の杉本は自分を追い込んで鍛えた体と心って感じだから、こっちも少し身構える」

これを聞いた時、「ほう！」と思った。この連載で「秋田美人は素の美人、京美人は磨きあげた美人」と定義した人たちの言葉を幾度も紹介してきたが、それと重なるではないか。

「杉本彩ってさ、カルメンみたいな」

「あ、それあるよな。俺、『花と蛇』も見たけど、和ものをやっても、どっかスペインかアラブの女みたいな強い淫《みだ》らさ」

「壇蜜の淫らさは曲線」

こういう話になると彼らは止まらない。五十代の男友達数人にも、杉本観を訊いてみた。

「へえ、若い子たち『カルメン』って言ったの。うまいね。強さ、恐さ、頭のよさがセクシーなんだよ」

「杉本彩って、命がけで何かと戦ってる感じが色っぽいんだよ」

「そんなに頑張るな、折れるぞっていう危うさ、男は好きだよね」

「癒やしとは対極なんだけどね」

この人たちも止まらない。

杉本の色気のキーワードは「情熱」「磨いた心身」「強さと危うさ」のようだ。

そして、共通するのは「頭のよさ」ということになる。もっとも、誰一人として壇蜜にも杉本彩にも会ったことはないのだから、ファンとしての勝手な印象であり、想像である。

彼らの話を聞きながら、この二人が女たちに支持される一因に、ふと思い当たった。

かつて、女たちの激しいバッシングを受け、芸能界から消えた女優がいた。まだ二十代の「新進」といってよかったと思う。なぜこうも叩かれるのか、私には理解できなかったのだが、雑誌だったかテレビ番組だったかで、彼女に対し、

「濡《ぬ》れた仔犬」

というコメントがあった。その時、女たちが嫌う理由がわかった。つまり、野良の仔犬などが、雨や嵐でずぶ濡れになった時の哀れさ。それを訴える目、表情、媚び。そういったものを彼女に見て、激しく嫌悪したのだろう。それは、バッシングのきっかけになったドラマの、彼女の役どころでもあり、迫真の演技とも考えられる。だが、女たちは演技とは見なかった。叩き、その女優は消えた。

興味深いのは、壇蜜と杉本彩の色気について、男たちが「頭のよさ」を共通項とし、それぞれについては「媚びない」「品のよさ」「強さ」「戦う」「自分を磨く」などを挙げていることだ。これらは、一般に考えがちな色気の要素とは相容れない。一般には「媚びる目」だの「甘い語り口」だの「素肌の見せ方」だの、「弱さ」だの「一人で生きられない」だの、そっちを色気の要素と考えがちである。

だが、そっち系の女優は叩かれ、そうではない二人は女にも支持され、男にも愛される。ここは考えるべきポイントではないか。

二人に共通するもう一点は、「潔《いさぎよ》さ」かもしれない。自分の仕事や生き方に対し、周囲の目に対し、腹をくくっている潔さを、おそらく女たちは感じている。

日本の男女は、人間を見る目が成熟してきたのだと思う。潔く生きる女に、男が色気を感じる世になりつつあるのだ。

「素の秋田美人」の壇蜜と、「磨かれた京美人」の杉本彩が、共にエロスの世界で生き、支持されているのは、その象徴のように思う。

8

仕草——しぐさ美人に負けた顔美人の現実

女友達から電話がかかってきた。

「あなた、『秋田美人と京美人』のネタあげるわ。最高よ！　笑えるの」

早くも声が笑っている。

「うちの親戚の女子大生がね、彼氏を盗《と》られたの」

「えーッ?!　それって笑えない話でしょうよ」

「盗った女が京都の子なんだって。それでね、すごいブスなんだって」

「あらァ！」

「うちの親戚の娘、すごい美人よ」

「それでどうして盗られたの？」

「大笑いよ。相手はブスだけどリコウなんだって。うちの親戚の娘、美人だけどバカなの」

「……」

「昨日会ったらね、『あんなブスに盗られた』ってキイキイ泣き叫《さけ》んで、彼女の母親は『一人娘だから甘やかした私とパパが悪い』って落ち込むし。見てるとおかしくて、私や従姉《いとこ》たちは笑いをこらえるのに必死よ」

「でも、リコウな京都の女に、彼氏を盗られたというだけじゃネタにならないわ」

「なるのよ。その京都の子、ものすごく動きに気配りがあるんだって。親戚の娘は『あれは計算ずくだ』って」

「動きって、仕草《しぐさ》とか立ち居ふるまい？」

「それよ、それ。今時のガサツな男子学生でもわかるらしくて、食事の取り分け方がきれいとか、誰にでも『ありがとう』と言って可愛いとか、色々言うみたいよ」

「そうか、京都は家庭で厳しく躾《しつけ》をするっていうから。そうされてない多くの子の中では目立つわ。彼氏がクラクラするのもわからないではない」

「でしょ。その子、ブスのくせにすごいもてるんだって」

そう言って、彼女はまた笑った。そして、

「親戚の娘がね、『ブスは顔で勝負できねえから、気配りで勝負しやがった』って、またキイキイよ。そんな言葉遣いしてるんだから、振られて当然。何の躾もしなかった親と共に、いいクスリよ」

「書いていいの？」

「もちろんよ。私、親戚の娘に言ったのよ。『そういう女の子を京美人って言うのよ。アンタは東京ブスよ』って」

「そこまで言う」

「でもね、バカだから理解できたかどうか」

「仕草」と聞いて、反射的に思い出したのは、「江戸しぐさ」である。これは京都ではなく江戸の文化だが、十八世紀初頭の江戸を住みやすい町にするために、相手を思いやった動きをしようというルールを作った。今、二十一世紀の日本人がどんどん身勝手になっているせいか、この「江戸しぐさ」を再認識しようという動きが活発だ。NPO法人「江戸しぐさ」も設立され、理事長の越川禮子《こしかわれいこ》らが積極的に啓蒙《けいもう》している。

当時の江戸城下は、大変な活気にあふれていたという。全国から続々と人が集まり、それぞれのお国柄のるつぼである。当然、喧嘩《けんか》や事件も起こるため、「江戸しぐさ」を徹底させた。

越川は「江戸しぐさ」について、次のように述べている。

「(江戸の町衆《まちしゅう》トップは)江戸をよい町にするため、今、何が問題か、何をしなければならないのか、いろいろ手立てを講じていたのです」

これは、現代の女たちにも当てはまる。

「自分を美しい女にするため、今、何が問題か、何をしなければならないのか」

ということだ。「顔で勝負できねえ」ならば、何で勝負するか。そのためには何が問題で、何をしなければならないのか。その中で、「仕草」を軽く見てはならない。これは、彼氏を盗るほどの力を持つのだ。

江戸しぐさで有名なのは、「傘《かさ》かしげ」だろう。雨や雪の日、狭い道で人とすれ違う時、さしている傘をお互いに傾ける。こうすることで相手を通りやすくする。傘がぶつかって破れることも防げる。この思いやりと譲りあいの気持ちが、江戸を住みやすくするというのである。

また、「こぶし腰浮かせ」というのも聞いたことがあると思う。これは川の渡し舟に乗る際、客は次々に空席に座る。その時、後から乗って来た客も座れるように、自分の両側にこぶしをついて、腰を浮かせる。そして、そのこぶし一個分の席をつめる。三、四人がこれをやれば、もう一人は座れるわけだ。

現代日本の電車では、若い男たちがドカーンと両脚を広げ、七人掛けの座席を四人で占領しているケースも見られる。前に老人が立とうと、スマホに夢中。若い女たちは隣の空席に化粧ポーチを広げ、衆人の目などどこ吹く風でメイクに余念がない。

もちろん、すべての若者がこうだというのではない。ただ、そういう場面をよく目にするだけに、先の京美人が「傘かしげ」や「こぶし腰浮かせ」に象徴される仕草をしたなら、それは目を引くだろうということだ。

また、越川は次のように続けている。

「先輩が後輩に江戸しぐさを手取り足取り口移しで伝え、知識でなく体得させせました」

この江戸の姿勢は、おそらく京都の家々の躾に通じるのではないか。

服飾評論家の市田ひろみは、私の取材に対し、

「京都では、とにかく親がやかましく躾けますの。昭和三十年ぐらいまでは、『聞き合わせ』いうのがありました。娘に縁談が起こると、世話役の人がご近所に聞きこみに行くんです。『あそこの娘はん、どないどす?』いうて。どのおうちに入って行くかわからしまへんさかい、誰にでもふだんからニコニコして、挨拶《あいさつ》して、気配りできんとね。京都ではそうやって、徹底的に伝えます」

市田は、京都で着物の着付けを教えているが、家庭の躾は子どもに如実に出るという。

「今、池坊《いけのぼう》さんのお孫さんが習いに来たはりますけど、ほんまによう躾ができてますわ。五百年続いているおうちやさかい、親だけやのうて周りが育てていくんです。一般家庭でも、躾がきちっとしたおうちの子は、お辞儀から着物の畳み方まで、ほんまにきれいな仕草しはります」

祇園の茶屋「鳥居本」の女将・田畑洋子は、

「京都の女の子は、お茶、お花、書道、着物など、和の習いごとをようしたはりますね。今の生活にすぐ役立つもんとはちがいますけど、それによって体が覚える仕草は、女には大切やと考えられてるんです」

と言う。これは市田も言っている。

「私もお茶、お花、書道に行かされて、お免状を持ってますよ。京女って、一定の規格の中に親や周囲がはめて作ったようなところもありますね。もっとも、今は関西のお笑い女芸人さんやらが、メチャクチャな言葉と態度でテレビに出たはる時代ですけどね……」

そう言いながらも、市田は京美人の尺度として、次の三点をあげた。

「立ち居ふるまい。所作。周囲にまどわされない自分の好みを貫く」

田畑は、

「所作。立ち居ふるまい。さっと動くこと」

という三点。両者とも、「立ち居ふるまい」と「所作」をあげるあたりが、さすがに京都である。こういう躾をされた若い京女が相手では、友人の親戚の娘は勝ちめがないとも思う。

　一方、秋田ではどうか。秋田の私の友人たちは、豪雪地帯で暮らす人間として、江戸しぐさのようなことは家で躾けられなくても、自然にできると答えた。そして、全員が、京都の女に乗りかえた彼氏について言った。

「ナーニ、そんたら男だば、けでやれ。なんと、やがましごど言うなでば（ナーニ、そんな男ならくれてやれ。何なのよ、うるさいこと言うんじゃないの）」

　これには笑った。陽気で強い秋田女らしい。

　だが、電話で女友達と一致したのだが、恋人や夫に近寄らせたくないのは、ガサツな美人ではなく、仕草のきれいなブスかもしれないわね、と。

9 

女友達——同性から嫌われる不美人要素

本書の第六章で、秋田の女たちが温泉のハシゴをする話を紹介した。アチコチでふんだんに温泉が湧《わ》く秋田では、ちょっと車を飛ばせばハシゴも簡単なことだ。

すると、それを読んだ読者から手紙が届いた。ほとんど同じ内容の二通で、いずれも無記名。一通は関東の、もう一通には四国の消印があった。関東の女性は、

「温泉のハシゴ、羨《うらや》ましいです。女の友達と行くのでしょうね。私は友達作りが下手で、友達がいません。会社の女性たちの飲み会にも誘いがかかりません。私は話もつまらなく、きれいでもないし、光るところもないので、誘う気がしないのでしょう。温泉を女同士で

ハシゴする様子が浮かび、羨ましくて涙《なみだ》がこぼれました」

という内容だった。そして四国の女性は、

「私には一緒に温泉をハシゴするような友達がいません。なぜかわかりませんが、いろんなイベントや会のお誘いも、私だけスルーしていくのです。私より性格も顔も頭もよくない人に、たくさん友達がいるのを見ると、気楽で自分たちと同じレベルの人がいいんだなと思います。女の嫉妬《しっと》は恐いです（笑）」

という内容だった。一通は自信がなくて愚痴《ぐち》ばかり、もう一通は自信が見え隠れ。「友達がいない」という一点が共通している。

すると驚《おどろ》くべきタイミングで、あるシニア誌から「ノンフィクション作家の吉永みち子さんと対談してほしい」と依頼があった。「女友達」というテーマだという。彼女と私はとても親しく、一緒にごはんを食べたり、国内はもとより海外旅行にも行く。その女性誌の編集者は言った。

「同性の友達が欲しいのに、いない人が少なくないんです。いい家族がいて幸せでも、やっぱり一緒に旅行したり心を割って話せる同性の友達がいない人生は、年齢を重ねるにつれ、ますます淋しいと感じるんでしょうね」

同性の友達ができない理由は何なのか。その時、ふと思い当たった。きっとそこには、何か「不美人」の要素がからんでいるのではないか。肌とか姿形ではなく、同性から嫌われる不美人要素。それがその人を不美人に見せている何か。

私は関心を持ち、今回は「京男」と「秋田男」に聞いてみようと思った。生まれてこの方、ずっと京美人や秋田美人と共にあった男たちは、かなりクールに故郷の女たちを見ているのではないか。そう思ったのだ。

そして、まずは仕事仲間の京男に聞いてみた。彼は京都で生まれ、高校まで育った。大学以降現在まで東京にいるが、実家は京都で、時に京訛《なま》りが出る。

「僕が見てると、嫌われる女性は自慢する人やと思います。それも京都人は本音を言いませんから、本音では自慢したいのにしない。でもやっぱり自慢したい。ほんならどうするか言うたら、他人の口を借りて自慢するんです」

次のように言うそうだ。

「××さんがな、私のこと女の色香《いろか》があるて言うてくれはってん。私は全然そんなふうに思うてへんのに」

　このパターンの女性は多いそうで、非常に嫌われるという。ただ、この自慢のしかたは、油断すると誰でもやってしまいそうだ。そして、自慢というのはなぜか女同士の場でやることが多いように思う。男たちに向かって自分を誇ることが少ないのは、自慢は嫌われると自覚しているからだろう。なのに耐え切れず、同性の前では他人の口を借りてまで自慢する。女友達ができない不美人ぶりが見えてくる。

　一方、秋田男の言い分である。一人は秋田で生まれ育ち、今も秋田で仕事をしている。常に秋田の女たちに囲まれて生きてきた。もう一人は東京の大学教授だが、生まれ育ちは秋田。実家も秋田である。二人には別々に聞いたのだが、これが驚くほど一致した答えだった。二人とも、

「秋田の女は、自分がきれいだと自信があるからね。実際、美人は多いよ。佐々木希《のぞみ》みたいな中高生、いるよ。壇蜜《だんみつ》なんて完全に秋田の顔。もちろん、美人じゃないのもいるけど、誤解をおそれずに言えば、秋田の女はみんな、自分をきれいだと思ってるね。カネもかけてるよ」

と断言。私が「秋田の女はその気持ちを自慢するのか。その場合、他人の口を借りたりするのか」と聞くと、笑われた。

「自慢なんかしないよ。だってもう『私、きれいでしょ』が態度に出てるもの。プライド高いよ、秋田の女は。他人の口を借りて自慢なんて、そんな入りくんだことしないで、もろ。ストレート」

二人とも秋田美人に痛い目に合わされたのか……。そう思うほどの断言だ。そして言った。

「こういう女たちが同じ地域にいるわけだから、何が起こるか。見栄の張り合いと、やっかみだよ。これが限界を超えると、女友達はできないだろうね」

では、温泉のハシゴをするような関係は、偽《いつわ》りの関係か。

「いや、偽りとは思わない。だけど、基本的に秋田の女は強くて、派手で、協調性がないからね。自分がそうなんだから、相手の心理もわかるわけだ。ぶつかりそうなところは外して、あとは心許して楽しむ術《すべ》を学習しているんだろな」

そして、笑ってつけ加えた。

「温泉をハシゴしながら、腹の中で『アタシの方が色白い』とかチェックしてると思うけどね」

　一方、京都がまた独特だ。先の京男は言う。

「京都の場合、親友は別としても、そこそこの友人たちには心を許してないと思いますね。いつでもお互いに緊張感がある。京都では、そういうそこそこの関係の友人を『お連《つ》れ』と言うてますね。東京では『連れ』と言うたら夫や妻を指すことが多いけど、京都では親友までは行っていない友人のこと。たとえば、誰かがどこかに出かけると聞いたら、『お連れと一緒なん？』と、さり気なくさぐったり」

　親友の下に「お連れ」という言葉があるのは、さすが京都だ。東京あたりでは、親友の下は「単なる友達」とか「フツーの友達」とか、貧困な説明語しかなさそうだ。私が、

「お連れとは温泉に行かないの？」

　と聞くと、彼は答えた。

「たぶん、行かない関係ですね。心を許してない人たちと緊張感を持って温泉に行っても楽しくないいし、休まりませんから」

秋田は、そこそこの関係の友達であっても、外すところは外し、つまり割り切って、あとは楽しむ。京都はお連れはあくまでもお連れのランクで、そこを外さない。私が今回聞いた限りにおいては、そんな感じがした。

どこの地域の女たちにも当てはまると思うが、「自慢話をする女」、「やっかみの強い女」、「見栄を張る女」は、同性に嫌われるということだろう。さらには、他人の口を借りて自慢したり、そういうすぐに本音がバレるテクニックは、さらに嫌われる。男から見れば、そんなテクニックは「女っぽい可愛さ」に映る場合もあろうが、同性は違う。「やっかみ」も「見栄」も可愛いどころか、うんざりする要素なのだ。

少しでも「不美人要素」を取り除き、女友達ができればいいが、吉永と私が対談で一致したのは、「女友達がいなければいないで、いいじゃない」ということだった。

これは決して、同性の友人関係を否定しているわけではなく、現実に彼女と私が女友達に恵まれているから言うのでもない。友達というのは、努力して「作る」ものではなく、「できる」ものだからである。たまたま仕事で紹介されたら、気が合ってしまったとか、ひょっこりとやってくるものだ。もっとも、そういう出会いを求める努力や、不美人要素を取り除く努力は必要だろう。だが、ひょっこりとやってくるものである以上、やってこない間は家族で生活を楽しんだり、一人でできることをやったり、そんな時間の使い方をした方がいい。それが吉永と私の意見である。

友達を作ろう、探そうと懸命になって、媚《こ》びたり同調したり自分を抑えたり、そんな物欲しげな必死さは、必ず相手にうるさがられる。思えば、「物欲しげな必死さ」こそが、一番の不美人要素かもしれない。

10

生き方——執着はいいことよ。あきらめない心だから

前述したが、二〇一二年五月に私は『十二単衣を着た悪魔』（幻冬舎）という小説を出した。これは『源氏物語』の世界にトリップした二十二歳のフリーターが、光源氏《ひかるげんじ》や藤《ふじ》壺《つぼ》などと共に二十六年間も生きる物語である。

『源氏物語』というと、光源氏が主役であり、そのまわりで生きる女たちにスポットライトが当たる。桐壺更衣《きりつぼのこうい》、藤壺、夕顔、六条御息所《ろくじょうのみやすどころ》、朧月夜《おぼろづきよ》、紫の上《むらさきのうえ》等々、千年がたった今でも有名人ばかりである。しかし、私は彼女たちを好かない。特に嫌いなのは藤壺。現代女性たちにも人気の高い藤壺だが、したたか者で私は大嫌い。

最も好きなのが、弘徽殿女御《こきでんのにょうご》である。ところが、彼女はヒステリックでトゲトゲしい敵役として描かれており、知名度も好感度も非常に低い。映画化されても、下品でキイキイと叫び、幼い光源氏をいじめるだけのチョイ役だ。

弘徽殿女御は、桐壺帝《きりつぼのみかど》の正妃である。正妻である。将来は皇后になるべき地位にいる。ところが、夫である帝は別の女に夢中で、光源氏はその女との間にできた子だ。ひどいめにあわされ続ける弘徽殿女御だが、実は最も現代女性に近く、強く、頭がきれて、前向きに生きている。私たちが学ぶところは多い。私は『源氏物語』を弘徽殿女御コードで解釈してみたいと考え、彼女を主役にして小説にしたわけである。

全国からたくさんの読後感や手紙を頂いたのだが、最も多かった感想が、

「弘徽殿女御は、『身の丈《たけ》に合わないもの』を求めよと言っている。びっくりした。一般には、身の丈に合った暮らしが大切だと言われるのに」

という内容と、

「私も『身の丈に合わないもの』を追い求めようと、決心がついた。やれるだけやってみる」

という内容のものである。

弘徽殿女御のこのセリフは、私が創作したものであって、紫式部は書いていない。原作における女御は、チョロッと出て来ては底意地の悪いことをやるだけなのだ。

確かに、私たちは「分をわきまえよ」とか、「足るを知れ」とか、つまりは身のほどに合った暮らしをせよと教わってきた。実際、分をわきまえずに突っ走り、人生を棒に振った人の話もよく聞く。そんな中で、私は弘徽殿女御にまったく逆のことを言わせたのだから、驚いたという手紙が多いのもわかる。

『十二単衣を着た悪魔』から、問題の部分を紹介する。これは、光源氏にさんざん遊ばれ、恥をかかされ、捨てられた六条御息所が、傷心を抱えて京都を離れる間際のシーンである。六条御息所は光源氏より七歳年上で、前・皇太子の未亡人という高貴な女性。美貌も知性もトップランクにありながら、年下の美青年光源氏に入れこみ、年上のひけめに苦しみ、心身共にボロボロになっていた。私は、彼女が京を離れる直前に、弘徽殿女御に挨拶するシーンを作った。その席で、女御は御息所に言うのである。

「あなたは光源氏という、はっきり申し上げてあなたにはそぐわない男に入れこんだ」

「はい……光の君様は能力に恵まれておられる上に、私には不釣りあいな若さ、美しさ……恥じております」

「違うの。光の方が格下ということ」

「え?」

「私ね、人生を幸せにすることのひとつが、『身の丈に合わないもの』を追い求めることだと思うのよ」

「はあ……」

「光なんて、どこをどう比べてもあなたよりうんと格下で、あなたの身の丈に合いません。でも、あなたは追い求めて夢中になった。短い人生の中で、たくさんの喜びや苦しさを知って、輝いて、お幸せな人だと申し上げているのよ」

この言葉に、御息所は体を震わせて泣くと、女御はハッキリと言い切る。

「身の丈に合ったことをしようなんて、そんなのは気の弱い小者が求めることよ。あなたはとてもいい人生を送って来られた」

読者はこのやりとりに驚き、手紙が非常に多かったわけだが、中でも京都の女子大生は、

「幼い頃から、『知足安分《ちそくあんぶん》』とか『知足守分《ちそくしゅぶん》』と親から躾けられ、自分の置かれている現状に満足と感謝の念を持つよう言われてきました。それが人として美しい生き方だと言われ、そう思います。私は弘徽殿女御の考え方には賛成できません」

と書いてきた。文章も文字も非常にうまく、内容もしっかりしていて、今も印象に残っている。

この手紙からしばらくたった頃、『読売新聞』の日曜版（二〇一二年十二月二十三日付）に、京都出身のエッセイストで歯科医の柏井壽《かしわいひさし》が、興味深いことを語っていた。千年の都である京都が、やみくもにライトアップしたり、急造の京都らしさを売り物にし始め、軽くなっていくことを嘆き、次のように言う。

「足るを知ってほどほどで事をおさめていくのが、本来の京都らしさです」

そして、私は先日、学生時代の仲間たちと会った。その中の一人は、数年前に秋田出身の妻から離婚を言われ、やむなく了承。妻はやりたいことを目指すため、子育てが終わるや飛び出す時期をさぐっていたという。彼が「無謀だ」と引き止めても、夢に向かって突っ走っていったという。彼女がやりたいことというのは、五十歳を過ぎてから目指すには、確かに身の丈に合っているとは言い難いものだった。だが、離婚してまでも追い求めたいなら、それも生き方として悪くない。

彼は独身を続けていたが、今年、再婚したと言った。

「平和で穏やかで幸せだよ。元妻に比べて、今の妻は控えめで地道でホッとさせてくれる。イヤァ、秋田の女は気が強くて、勢いがあって、恐いもの知らずで派手だよ。再婚してみてよくわかった。元妻みたいな女も面白いけどね」

京都の知足安分の女子大生も、秋田の恐いもの知らずの妻も、これは両地に限った特性ではなく、全国の個々の女たちに備わっているものだろう。個々の女たちの性格によるものだと思う。ただ、このどちらの生き方にも、女の美しさを感じる。

「知足安分」として、「ほどほどで事をおさめる」という姿勢は、ふさわしさを知っていることである。成熟した女でないとできない。たとえ子どもであっても、「うん、私は今が好き。今が嬉しい」と感じられる心を持っているのは、成熟していることだ。社寺がこぞってライトアップする中、前出の柏井は「サクラだってモミジだって夜は静かに休みたいはず」と言う。これをもしも子どもが言ったとする。

「桜も紅葉も、夜は寝ていたいんじゃないの。ライトアップ、いらないと思う」

まさに知足安分を知った美意識だと思う。

一方、私が弘徽殿女御に語らせたように、

「人生を幸せにすることのひとつが、『身の丈に合わないもの』を追い求めることだと思うのよ」

という姿勢は、生きることに執着していないとできない。「執着」という言葉には、とかくマイナスイメージがあるが、「強い思い」ということであり、「諦めない」ということだ。誰もが「ネバー・ギブアップ」と口にし、それを座右の銘とする人も少なくないのに、「執着」という言葉は嫌われる。私は「ネバー・ギブアップ」なる万人好みの言葉は、「執着」を英語でプラスイメージにしただけと考えている。自分の人生や夢に執着していればこそ、「ネバー・ギブアップ」で突き進む。

むろん、どちらの姿勢にも、プラスとマイナスはあるが、それを承知の上で、ブレずに自分の生き方を保つことこそが、美しさといえないだろうか。

どう考えても美しくないのは、身の丈に合わないことを求めて燃える人をバカにしたり、

「よくやる」と陰口を言ったりする人たち。そして、知足安分でスッキリと生きている人に「後向き」だの「若さがない」だの「挑戦が大切」だのと言う人たち。

こういう人たちには、まず間違いなく、自分がそのように生きられないことへのやっかみがある。美しいはずがない。「美しい女」というのは、肌だの目鼻だちばかりではないと、改めて思わされる。

11

方言・訛

――〝標準〟に同化しない意志

数年前、仕事でどうしても、ある職種について話を聞く必要が出てきた。すると知人が、その業界のトップランナーA氏を紹介すると言う。

外国からの引き抜き話も多いA氏と都心のホテルで会うことになり、私は知人と一緒に出向いた。道中、知人が言った。

「彼、女にものすごくもてるんです。会うたびに違う女と一緒で、それもモデルか女優かっていうゴージャスな美女ばっかり。だけど男らしくていいヤツで、人望があります」

こうしてA氏と会ってすぐに、「この人はもてるわ」と思った。ファッションセンス、見ため、頭の回転、どれも言うことなし。心配りはさり気なく、会話は面白く、明るい。その上、世界が認めるやり手となれば、女たちは高得点をつけるだろう。加えて、結婚歴なしの独身ときている。

色々な話が佳境に入った時、そのA氏が言った。

「僕、女に手痛い振られ方をしましてね。しばらく尾を引きました」

すると、知人が声をあげた。

「えーッ?!　あの女のこと?　振られたの?　俺、君が何だってあの女に真剣になるか、理解できなかったんだけど、振られたとは、もっと理解できないな」

その女は、決して美人でもゴージャスでもなく、北海道から上京して彼のいる業界で働いているのだという。なぜ、彼ほどの男が彼女を好きになったか。その答えは、私や知人の想像が及びもつかないものだった。

「きっかけは、方言ですよ。彼女の」

とっさには意味がわからずにいる私たちに、彼は言った。

「北海道の方言、訛《なまり》を堂々と出すんです。僕らの業界、そんな人はいませんよ。まして女性は。でも彼女、会議でも北海道訛でまくしたてるし、北海道方言で喜ぶし、悲しむし」

そのうちに、彼だけではなく他の男性たちも、彼女を気にし始めたという。

「故郷を絶対に捨てない心が、何と言うかいいものだなァと。それがきっかけで彼女が気になって、そのうちに腹の座った生き方とか、裏表のない優しさとか、色んなものが見えてきた。彼女は本当に北海道のような堂々たる女で、その気質は北海道に育てられたものでしょう。だから標準語なんて関心もないわけですよ」

この話を聞いた時、私が思い出したのは寺山修司の『書を捨てよ、町へ出よう』（角川文庫）だった。これは私の学生時代には、若者のバイブルとされた書だ。その中に、次の一文がある。


「綺麗な標準語はキミを平均的人間に見せるだけである」

北海道出身の彼女は、自分を「標準」に同化させることを拒《こば》んだ。平均的人間にはならなかった。寺山は続けている。

「自分の本当の気持ちを伝えるのには、自分の昔から使っていた故郷のことばで話すのが一番いいのだ」

あの日、都心のホテルでA氏は言っていた。

「北海道弁でね、振られましたよ。もうどうがんばろうと、ダメだなと思いましたね。北海道弁で言われるとね……」

彼女は、自分の気持ちを故郷の言葉で伝え、彼はその強固さを理解した。いい話である。

寺山は終生、出身地である青森の津軽弁を使い続けた。彼は次の短歌も作っている。

「ふるさとの訛なくせし友といて　モカ珈琲《コーヒー》はかくまでにがし」

きっと同じ津軽出身の友達と、現在住んでいる東京の喫茶店で会う約束をしたのだろう。前日から「明日は懐かしい言葉でたっぷりと話せる」と楽しみにしていたに違いない。だが実際に会うと、その友達はもはや標準語でしか話さなかった。そんな中で飲んだモカコーヒーは、何という苦さだったか……。「標準」というものに同化していくことを嫌う寺山の一方、きっと友人は同化する自分を喜んでいたのではないか。

私の周囲の友人たちを見ていても、またテレビやメディアに出る人たちにしても、関西人の少なからずは方言を使い、訛を隠さないように思う。現在の「標準」は東京と言える。だが、関西人の心には「日本の文化の拠点は西にある。東は新参者に過ぎない」という意識が強烈にあると思う。関西文化圏の人々の矜持《きょうじ》、反骨《はんこつ》精神は、断じて東京標準に同化しようとはしない。

私の女友達を思い浮かべても、京都出身者はみな京都弁を使う。少なくとも京訛を表に出す。思えば、上方の噺家《はなしか》や芸人たちは、時に標準語や東京弁を「おちょくる」ことさえする。最強のそれを笑いのネタにする。他地方ではまねのできない気骨、誇りではないか。あっぱれである。

『京男・京おんな』(京都新聞社)に出ていたのだが、東京弁は早口で短くて鋭く、かたくて明快。一方、京都弁は遅くて長くて、柔らかく、なめらかで鈍重に聞こえるのだという。

京都弁には数々の特徴があるそうで、例えば、「ろーじ（路地）」「めー（目）から、ひー（火）が出た」「おもーた（思った）」「こーた（買った）」「さいなら（さようなら）」「おとと（弟）」など、（　）内の東京弁と比べると確かに遅くて長くて柔らかい。その上、「お芋さん」とか「おだい（大根）」等々、ものに敬称までつける。公家《くげ》言葉の源流が残っているのだという。

東京弁で「早く起きなッ！」と言う女と、京都弁で「早よ起きよし」と言う女。「もうやめてッ！」と言う女と「もうおやめやす」と言う女。言葉による印象は非常に違う。

一方、秋田の私の友人たちは、時と場合によって標準語と秋田弁を使い分けているように思う。公の集りや仕事では標準語、家族や親しい仲間たちとの席では秋田弁が多い。

京都もそうだと思うが、秋田の言葉は地域によって大きく違う。私のように、生まれて数年しかいなかった人間が語るのはおこがましいが、とにかくセンテンスが短い。標準語では考えられない。

「け！（食べて）」

「く！（食べるわ）」

である。また、

「け！（来て）」

「どさ？（どこに？）」

「えさ（家に）」

である。さらに、

「け！（かゆい）」

という意味もあり、秋田県人は「け」を自在に使い分け、認識する。秋田美人に優しく、

「えさけ。ままけ（家に来て。ごはん食べていって）」

と言われたら、A氏ならずとも、標準語に慣れている身には、色っぽいかもしれない。

何で読んだか覚えていないのだが、どなたかが、「秋田弁はフランス語のように美しい」と書いていた。確かに、

「ミンジャノデゴンヅゲ、ハヤシテキテケレ（台所の大根漬け、切って来て）」

と早口で言われると、フランス語のようかもしれない。劇作家の故・加藤道夫は「日本

で一番美しい言葉は東北弁だと思う」（『朝日新聞』二〇〇九年十月二十四日）と書く。寺山の津軽弁も、女優長岡輝子の盛岡弁も、舞踊家の土方巽《ひじかたたつみ》の秋田弁も、歌うように美しかった。

今、京都の人でさえ「若い子は標準語を使う」と嘆くように、方言はどこでもめっきりと使われなくなった。明治政府が進めた「標準語化」は、まさに全国民を「平均的人間に見せるだけ」の愚策であったと思う。そればかりか、「ズーズー弁」だの「北関東訛り」だのと卑《いや》しまれ、全国各地の人々は標準語を話そうと必死になった。寺山のモカ珈琲の友人が、津軽弁を消し去った気持ちはよくわかる。

だが、明治が遥か遠くになった今、女たちが先陣を切って、方言と訛を取り入れることを考えてはどうか。どこにもかしこにも標準語の女たちがいて、「てかァ、やっぱァ、ヤバくね？　みたいなカンジじゃないですかァ」と、脳みそを垂れ流している言葉遣いの中、郷土の言葉をふっと使う女は、やはり美しい。

今になると、A氏の気持ちがよくわかる。

12 

加齢——変化をどう受け入れるか

混雑する仙台駅で、声をかけられた。振り返ると古い友人が立っている。仙台に住んでいるそうで、四〇年ぶりだが一目でわかった。

二人で再会を大喜びし、駅構内にある店でお茶を飲むことにした。この日は新幹線が混んでいて、私は一時間以上先の列車しか取れなかったため、ゆっくりできる。彼女は席に着くと、真っ先に言った。

「すぐわかってくれてホッとしたァ」

そして、財布の中から一枚の切り抜きを取り出し、見せた。

「この人、誰だかわかる？」

見たこともない初老の女性が写っている。私が答えられずにいると、彼女が名前を言った。その名は一時期、抜群のスタイルの美人芸能人として聞こえたものだった。すぐに引退したと記憶しているが、見た目は一変していた。友人は切り抜きを見ながら、

「年を取って姿形が変わるのは致し方ないわよ。でも、変わりすぎて誰だかわからなくなるのはいけない。私、この切り抜きをいつも持って、自戒してるの。努力を怠《おこた》るなって。だから、あなたが私のことすぐわかってくれてホッとしたわ」

と笑った。ところが、切り抜きの女性は決してイヤな感じがしないのだ。確かに全体的にぽってりと丸く、地味なのだが、年齢相応の穏やかな美しさと、品のよさがある。私がそう言うと、彼女もうなずき、しばらく切り抜きを眺めていた。そして、スパッと断じた。

「わかった。この人、整形してないね」

あッ!!　と思った。妙に納得した。

メスや注射の力を借りて年齢に抗《あらが》い、若さと美しさを保つ生き方がある。ただし、メンテナンスを含め、お金がかかる。一方、自然に年齢を受け入れ、老いていく生き方がある。

ただし、誰だかわからないほど容姿が一変することがある。

両者に正否はないと私は考えている。本人が選択する生き方が、本人にとって正なのだ。両者に共通して必要なものは「覚悟」だろう。自然な加齢に抗う覚悟と、自然な加齢を受け入れる覚悟。

本書では今まで、秋田と京都という美人の二大産地を例に、美人をさまざまな角度からとらえようと試みてきたが、今回は両地を離れ、一度書いておきたかったテーマである。「醜形恐怖《しゅうけい》」という言葉を聞いたことがあるだろうか。私が初めて知ったのは、今から一五年ほど前で、精神科医・町沢静夫の著書だった。(『醜形恐怖——人はなぜ「見た目」にこだわるのか』マガジンハウス)

醜形恐怖は先進国を中心に広がる病で、アメリカ、日本では年々確実に増え続けているそうだ。同書によると、これは顔の美醜に特にこだわり、最近では身体全体の美醜も強く気にかける傾向が出ている。これがこうじて、人に会えないとか会社に行けないとか、また外に出られないというケースがよくあるという。ここまで行くと、確かに「病」である。昨今は男性にもふえているそうだ。

著者の町沢静夫は精神科医として、「醜形恐怖」という病はうつ病や不安障害、強迫性障害、恐怖症などと重なる場合があると書く。「見た目へのこだわり」は、人間の深いところに関わる問題だったのである。

醜形恐怖には、鼻の高低、目の大小、唇《くちびる》、あご、胸、脚《あし》など色々あるが、町沢の臨床経験によると、日本人に一番多いのは、「顔全体が美しくない」という訴えだという。これは圧倒的だそうだ。

人はなぜ、これほどまでに美醜にこだわるのか。病にまでは行きつかないにせよ、自分や他人のルックスが気になり、比べたり、悩んだり、必死の努力をしたりということはよくある。なぜ、こだわるのか。

私は社会状況が一因だと思う。

世間ではいとも簡単に、女たちを「美人」「ブス」と二分する。いとも簡単に「若い」「ババア」と二分し、「スリム」「デブ」と二分する。むろん、それを表立っては言わないが、女たちはまず間違いなく察知する。

一般的に、「ブス」「ババア」「デブ」は生きにくく、損だと思えばこそ、ダイエットや整形やエステやジムに向かう。そういう女たちは、「美人」「若い」「スリム」という女たちの方が、自分と比べて得な人生を送っていると感じることが多かったのではないか。であればこそ、「見た目にこだわる」のだし、お金もかけるのだろう。

町沢は、テレビに出る人々について触れている。彼らは、自分がどう映るかに気を配り、「見た目」のカッコいい人が大手を振って闊歩《かっぽ》していると、町沢は書く。そういう有名人のルックスやスタイルに、一般人視聴者も影響を受け、「見られる自分」の意識をいやが上にも強めてしまうとして、次のように書いている。

「いまでは、どんな人間であれ、外見を無視して生きることはできません。アメリカの大統領選挙でも、テレビ討論会でのパフォーマンスぶりが、あたかもタレントのごとく重要になっています。日本でも、政治家のテレビやポスターでの好感度が大きな影響を及ぼしています。政治家もまた、その政治的な見識や力量よりも、テレビ写り、『見た目』のスター性をどう作り上げていくかという時代になっているのです。

外見に魅《ひ》かれることがいかにバカげているか、内面こそが大事ではないのか、と頭で分かっていても、我々はつい外見に魅きつけられてしまうものです」

その一方、

「人間の顔や外見は、その人の内面をよく現しているものです。注意深く思慮深い人間ならば、外見によってかえって内面もよく判断できるというのが実際のところで、本来、さほど憂慮《ゆうりょ》すべきことではないでしょう」

と続けている。だが、町沢は社会的状況を考えても、内面重視の人々が育ちにくいと憂慮しており、非常に納得できる。

新聞や雑誌の「人生相談」などに、「自分はブスなため、恋愛というものをしたことがない。生きている価値がないとさえ思う。どうしたらいいか」などという質問が載っていることがある。回答者は、「外見より内面です。あなたが懸命に生きている姿を見れば、必ずよさに気づいてくれる人が出てきます。自信を持って、明るく懸命に生きていきましょう」などと答える。

これは正論であるが、何を根拠に「よさに気づいてくれる人が出てくる」と言えるのか。もしも出てきても、「君は懸命に生きて、可愛い心の人だね」と微笑《ほほえ》みながら、可愛い顔の女と恋愛するのだ。「生きている価値がないとさえ思う」くらいに悩んでいるなら、お金をかけたり、手をかけたりして、外見を磨くことだ。それが最優先だと、私は思う。

同書で、町沢は「美の基準」についても触れている。

「普遍的な美は、想定するのが難しいと言うほかありませんね。絵画で、この絵は美しいと言っても、それを美しいと思わない人もいます。『普遍的な美』を主張することはきわめて難しいんです。その人の個人的な趣味や志向、生活背景から織りなされてくるものだし、ひとりひとり違う。それをくるのは『バランス』で、これは美しいと思うのは、バランスがとれているということだと思います」

「顔には、その人の人相や知性のバランスが表われるんです。どんなに美男・美女に見えても、知性的な裏付けがないとすぐに安っぽく見えてしまうものです」

外見重視の世の中だとしても、この言葉には納得できる人が多いのではないか。つまり、人柄、知性、考え方、センス等々の内面と、磨いたルックスのバランスということだろう。

私は仙台から帰る新幹線の中で、あの切り抜きの彼女を思った。きっと彼女自身、ここまで生きてくる中で、昔を知っている人たちの目を最初は気にした時期もあったかもしれない。だが、加齢を受け入れる側に立ち、品のいい佇《たたず》まいを手にした。そこには地道に生きてきた自信と、知性と強さがあったはずだ。みごとなバランスと言えるのではないだろうか。

13

お母さんをきれいに

その1——今から始めて結果を出す

ある日、東京は銀座で三十代らしき女性二人に声をかけられた。

「私たち、京都から来ました。いつも『秋田美人と京美人』を母と一緒に楽しみにしてます」

と言うと、隣に立つ母親二人を示した。二人ともおそらく六十代だと思うのだが、ナチュラルメークが上品で、色白のきれいな肌が日頃の手入れを感じさせる。一人は濃いめの茶髪をシニヨンにして、黒いサマーセーター。もう一人はグレーの髪に深い水色のワンピース。二人ともさすが京都という美人だ。

それからしばらくして、私は秋田の新聞で、湯沢市の市長と五十代の主婦と鼎談《ていだん》をした。この主婦がまたきれい。ヘアメークからファッション、姿勢まで完璧で、色白のさすが秋田という美人である。さらにその後、秋田の大学で市民講座をやった時のことだ。終了後、三十代らしき女性に、「私と母、内館さんの講座に毎回参加してるんです」と呼び止められた。隣に立つ母親は、やはり五十代後半以上だろうが、きれいなのである。きめ細かい肌にローズピンクの口紅とネイル。日頃から気を使っていることがわかり、とても三十代の娘がいるようには見えない若さだ。

半年ばかりの間に、京都と秋田で四人の美人母と会った私は、娘たちの嬉しげな顔が忘れられなかった。あの表情は、きれいで若くカッコいい母親を誇っているものだった。「うちのママ、そこらのオバサンとは全然違うでしょ」と。

その誇らしさはよくわかる。子どもというもの、息子であれ娘であれ、母親にはきれいでいてほしいのである。その気持ちは幼い頃からあり、保護者会などの日は「ママ、おしゃれして来てね」と男児でも女児でも言う。中学生くらいになると、クラスで「××君のお母さん、すっごいきれいだよ」とか「○○さんのママ、センス抜群」などと噂になる。

それは子どもにとってどれほど誇らしいことだったろう。

京都と秋田の美人母をきっかけに、「お母さんをきれいにする」というテーマを思い立った。三十代や四十代の読者なら、母親は六十代前半から上が多いだろうか。また、読者本人がその年代という人も多かろう。それは私自身の年代でもあるが、この年代は「単なるバアサン」の坂道を転がる人と、「ステキなマダム」でいる人と、その差が歴然と出る。クラス会などに行くと実感する。だが、生活環境やら種々の状況により、とても自分に手をかけられずに生きてきたという母親たちも多いと思う。現在もそうだという人もあろう。

もし、娘でも息子でも嫁でも孫でも、「きれいになって」と化粧品をプレゼントしたなら、どう変化するだろう。六十代からスタートしても遅くないだろうか。

そこで、マサ大竹の話を聞こうと思った。彼はヘアメークのトップアーティストとして、山口小夜子《さよこ》らと世界を舞台に活躍、一九七六年には日本人で初めてパリコレクションに参加した人である。この時のことを、服飾評論家の大内順子は、

「パリコレの舞台裏で、鮮《あざ》やかな技術とセンスを発揮する姿に、日本人もここまで来たかと思った」

と、資生堂美容技術専門学校の入学式で言葉を述べている。大竹は現在、同校の校長を務めながら、「現代の名工」の称号のもと、現役第一線にいる。しかし、トップモデルばかりではなく、美容家として多くの一般女性と関わっている上、本人も六十代だ。「お母さんをきれいにする」というテーマに、適切なアドバイスをしてくれると考えたのである。

私はストレートに質問した。

「本当はきれいにしていたい母親でも、地域によってはできない場合もありえます。いいトシして化粧なんかと陰口を叩かれたり、自分だけ突出することを恐れたり。ですから最初は目立たずに、でもジワジワときれいになっていくためには、どうしたらいいでしょう」

世界に冠たるトップアーティストにとっては、かなり次元の低い質問だろうが、大竹はにこやかにスパッと答えた。

「まず肌。肌から入ること。今からでも遅くなんてないですよ。誰でも年齢と共にほうれい線が深くなり、肌全体がたるんで下降します。そして、肌の色がくすんでくる。今まであまり手入れをしなかった人は、シミやソバカスも目立つかもしれない。肌がきれいかどうかは、美人度のポイントです」

秋田美人も京都美人も、肌の白さときめ細かさがよく言われる通りだ。

では、肌のために、母親にプレゼントすべき最低限の化粧品は何なのか。

「化粧水、乳液。そして日焼け止めと、できればシート状のマスクですね」

シート状のマスクとは、美容液や保湿液をたっぷり含ませた使い捨てのものだ。昔でいうところの「パック」の役割をする。

朝晩、丁寧に洗顔して、化粧水をつける。それから乳液をつけて潤《うるお》いを保つ。シートマスクは週に一、二回、顔に貼りつけ、一五分程度テレビなど見て過ごす。

「これらのケアだけで、見ための印象がかなり変わります。むろん、すぐに結果が出るわけではなく、肌の手入れというのは持久戦なんです。でも、今まで何もやってこなかった人が、一回でもこれらをやって、自分の肌にふれると、その感触に『あっ』となりますよ。おそらく、それまではゴワゴワの肌で、つっぱっていたと思うんです。一回でも手入れして『え、これが私の肌?』って思うと、いたわりたくなるはずです。この気持ちが芽生《めば》えると、手入れが続けられるんですよ。半年から一年たつと、きっと誰かが『何か最近きれいね』と気づくでしょう。それで、さらにやる気になる」

突然、バッチリとメークしたのなら、周囲の人たちもドン引きしたり、陰口や噂も広がろうが、肌なら大丈夫。しっかりと手入れをしても、口紅やアイシャドーを突然つけたのと違い、わからない。そして、外出する時は、必ず日焼け止めを塗《ぬ》る。紫外線はシミやソバカス、シワ、くすみの原因になるとされるが、私は実際に驚くべき現実を目にしたことがある。

第二章にも書いたが、イベリア半島を旅したことがあった。南ヨーロッパの太陽は、日本とは比較にならないほど強烈だった。現地で暮らす日本人女性ガイドとずっと一緒だったのだが、そのシミ、シワ、ソバカスのひどさには本当にショックを受けた。毛穴の開きまくった肌はゴワゴワと厚く、脂《あぶら》が浮いている。彼女は日本人女性の美白志向について、聞き苦しいほどののしった。だが、帰国後、私はふと気づいた。毎日のように、観光客をガイドする中で、日本人女性の肌の美しさと、自分のひどさに気づかされたのではないか。そのいら立ちが、美白志向への罵詈雑言《ばりぞうごん》になったように思えてならない。

もっとも、昨今は美白化粧品で白斑《はくはん》が出て、社会問題になっている。そこを大竹に問うと、すぐに次のように答えた。

「どこのメーカーも安全性を何よりも重要視し、研究所で研究を重ね、医薬部外品は厚生労働省の認可を取っています。ただ、季節や体調、香料など種々の要因で影響が出るケースもある。使用して何か違和感を持ったら、すぐに止め、シロウト判断せずに皮膚科に行って頂きたい」

　そして、その後で、言った。

「今回の一件で、恐いから肌の手入れはすべてやめるというのも非常に恐い。エイジングケアや紫外線防御は必要です。迷ったら、化粧品店や売り場で、美容部員のカウンセリングを受けて、マンツーマンで肌に合う化粧品を選んでもらうことです」

　子や孫にプレゼントされる場合、同行するのがベスト。だが、それができない場合、プレゼントされた品物を店に持って行き、何でも相談してほしいと言う。

「何も買わなくても、気楽に行ってください。アドバイスするのが我々メーカーの役割ですから」

　そして、化粧品のランクは、

「三十~五十代なら、『資生堂エリクシール』あたりでいかがでしょう。毎日続けるためにはシンプルなケアが大切です」

と力をこめた。

次回は次のステップとしてメークと、デザイナーに洋服の選び方を聞く。

14

お母さんをきれいに

その2――もったいない人生にしない

「お母さんをきれいに」の第二回目である。前回、ヘアメークアーティストで資生堂美容技術専門学校校長のマサ大竹に、「まず肌の手入れから」というアドバイスを受けた。

今回はメークである。読者のお母さんにあたる年齢の人々のみならず、これまでメークをしないで暮らしてきた人も少なくないと思う。介護や日常に追われ、化粧どころではないという人もあろうし、本当はメークをしたいのに隣近所の目に気兼ねして、周囲に合わせて何もしないという人もあろう。また「自然が一番」という持論のもと、洗顔と歯磨き以外は受け入れないという人もいるだろう。

だが、大竹は非常に印象的なことを言った。

「自然と野性は違います」

この一言は強烈だった。

「何もしないということは、干からびた土地が草ボーボーになっていることです。髪の毛もそう。何もしないと細くなってツヤもなくペチャンコになる。それは自然ではなく、不精ってことなんです。そういう人は、人生の何分の一かは損してると思いますね」

初めてメークをする人を念頭に、大竹は三つのポイントをあげた。

「まずファンデーション。これはクリームタイプでもパクトに入ったものでも、使いやすいものでいい。大切なことは、自分の首の色と差がない色を選ぶ。年齢と共に肌の色がくすむと、つい、白い色でカバーしがちになるのですが、顔だけ白すぎるのはかえって老けた印象を与え、滑稽《こっけい》に見えます」

次は眉《まゆ》である。

「眉毛がボサボサだったり、下がったり、薄くなったりしているなら整えて、自然になだらかに描く」

アイシャドウやアイラインは、突然やると周囲が驚くので、まずは眉だけでいいと言う。

「そして、口紅です。ファンデーションと眉だけでかなり印象が変わりますが、自然な肌になじむ色の口紅を塗ると、断然きれいに見えますよ。注意すべきは、真っ赤など極端な色や、野ぶどうのようなくすんだ濁《にご》った色は、初心者は避けること」

そして、前回と同じことを繰り返した。

「買わなくていいので、化粧品売り場で美容部員に相談してください。眉の描き方、ファンデーションや口紅の色の選び方、プロはその人を美しくするノウハウを持っています」

さて、こうして肌とメークが整ってくると、次に考えたくなるのが服装。「お母さんをきれいに」と願っている娘や家族にしてみれば、セーターの一枚もプレゼントしようかと思うかもしれない。

そこで、ファッションデザイナーの横森美奈子に話を聞こうと思い立った。

彼女は「メルローズ」「ハーフムーン」などのDCブランドのチーフを歴任し、二〇一三年からはショップチャンネルで自身のブランドをスタートさせた。NHKテレビの『おしゃれ工房』や『団塊スタイル』に出演し、的確かつ目からウロコのファッションアドバイスが人気だ。彼女はケロッと自身の体重までオープンにする人だが、着やせマジック、年齢マジックには舌を巻く。あんな六十代、めったにいない。

彼女は私にスパッと言った。

「娘はプレゼントを買いに行くより、実家に行くこと。そして母親の服を一緒に整理し、処分すべきは処分してください」

早々に目からウロコである。

「娘はこれらの手持ちの服が、母に似合うかどうか、きっちりと見極めること。鏡の前で一枚ずつ、『お母さん、これはオバサンくさい。もうやめよう』『これはいいわ』とね。体を覆い隠さず、首、手首、足首、ウエストをマークして〝着やせ〟させ、太って見えないか、顔色がくすんで見えないか、古くさすぎないかなどを見極め、ダメと思ったら処分」

私は思わず言った。

「でも、もったいないとか、まだ着られるとか思って捨てられないんじゃない？」

「何を言ってるの。もったいないからと古くさいもの、似合わなくなったものを着て、みすぼらしく見えたら、人生がもったいないでしょうよ」

何という説得力！　横森と大竹の言うことは共通する部分が多く、驚く。ナチュラルの名を借りた不精者《ぶしょうもの》は「人生の何分の一かを損している」とすることも、「処分すべきものを着るのは、人生がもったいない」とすることも共通だ。私が、

「不要なものを処分したので、必要なものを買いに行こうとなったものの、店員がうるさくてイヤと言う人は多いのよ」

と言うと、横森はまた大竹と同じことを答えた。

「店に入ったら買わなきゃいけないという認識を変えて。買わなくていいの。それでも気兼ねがあるなら、店員が寄って来ない量販店に行くの。ユニクロ、ZARA、H&Mなどね。中高年が着られるものもあるし。また、通販やカタログショップもいい。今の時代、安くていいものはたくさんあるのよ」

では、今までおしゃれに無縁だった人が、服を選ぶポイントは何だろう。

「まず、新しい何かをひとつだけ取り入れることね。今まで着たことのないデザイン、色、型などね。たくさん取り入れると着なくなるから、最初はひとつでいいの」

そして、さらに具体的にアドバイス。

「きらいな色から手に取ること」

無難な色や安心な色は、すでに持っている場合が多いからだ。だが、私は敢《あ》えて質問した。

「でもね、こんな色を着たら、周囲から浮くわとか、何か言われるわとか、心配する人はいるのよ。特に狭い地域では」

「それもよくわかるわよ。私も親の介護をしていた時は、東京であっても言われたもの。メークしておしゃれして、介護なんかやっているわけがないって」

「あなた、デザイナーなのに言われたの？」

「言われた。でも、ある時に気がついたの。周囲に何を言われようと、どう思われようと、彼らが介護を手伝ってくれるわけじゃないって。だから、自分が気分よくいられるおしゃれをすればいいの。腹を決めればいいのよ」

他人は面白おかしく噂し、チクリチクリとやるにしても、何も手伝ってはくれない。それは羨ましさの裏返しということもある。ならば、思い切って自分で自分を変えてみることだ。

それでも踏み出せない人に、横森は提案した。

「千円のストール一本から始めてみて。ストールなら思い切った色でも取り入れやすいでしょ」

実際、写真を見せてもらったのだが、彼女がボランティアでアドバイスしている介護施設のお年寄りたちは、きれいな色柄のストール一本で、表情が一変していた。

「おしゃれは贅沢《ぜいたく》ではなくて、自分らしく気持ちよく生きるためのものなの。アドバイスを一切聞かない人は、すてきにはなれないわ」

大竹も言っていた。

「頑固で、何を言っても聞く耳を持たない人は、美しさとはほど遠くなりますね」

そして、横森は店員がいる店で試着する際のコツを伝授してくれた。

「一着の試着で『どう?』と聞けば、店員は必ず『よくお似合いです』と言う。だから、三着着ること。そして、『どれが似合う?』と聞かずに、『どれが元気に見える?』と聞いてください。あるいは一着だけ試着して、店員に『他にいいと思うもの、選んで』と言うのもいい。親身になってくれますよ」

最後に、横森は非常に印象的なことを言った。

「古いものは手入れが必要です。長くきれいに使うには、家でも車でも何でも手入れがいる。人間も年を重ねれば、そうです。服装に気を使うことも、自分を手入れすることですよね」

大竹が「自然と野性は違う」と言っていたことにも重なる。

世のお母さんたちは、秋田美人の雪肌や京美人の立ち居ふるまいを持っていなくても、十分にきれいになれるのだと教えられた気がする。

15

髪美人

——色白に見えるのは茶髪より黒髪

先日、私は風邪《かぜ》を甘く見てこじらせ、それをきっかけに高熱やら腹痛やらで、一か月間の入院になってしまった。

私が美容室に行ったのは、退院から一か月半ほどたった時だった。医師の言いつけを守り、外出せずに「静養」していたのである。

そして一か月半後、スタイリストが髪をさわるなり言った。

「ん！　もうすっかり元気になられましたね。コシも艶《つや》も入院前と同じですよ」

髪には年齢が出るとよく言われるが、健康状態が明確に出るのだという。

私の親しい友人が、病気で四か月ほど入院していたことがある。二度の開腹手術を経て、完治して退院。彼女はファッション関係の仕事をしていたので、おしゃれにはうるさい。私のようにダラダラと「静養」なんて自分に許さない。医師の言いつけを守らず、退院するなり美容室に行った。すると、いつものスタイリストに、

「医師の許可を得て、スカルプとヘアエステに、月一回来てください。必ずです」

と厳命された。彼女はその言いつけはちゃんと守った。そして、何か月かがたった時、スタイリストに言われたそうだ。

「ああ、やっと体もお元気になりましたね。以前のように動いても、もう疲れなくなっているでしょう？　先月まではまだね」

まさにその通りなので、女友達は驚いた。するとスタイリストは、嬉しそうに髪をさわりながら言ったそうだ。

「退院後いらした時、髪にあまりにコシがなくてへたっていて、細くなって艶がなくて、とても口には出せませんでした。よかった、もう大丈夫。すっかり元通りです」

その時、その女友達は「プロの腕前」に改めて敬服し、認めたと言う。もちろん、本人

の体力回復もあるが、美容師という髪のプロが、マッサージやスカルプ等々によって、髪を甦《よみがえ》らせたということに対してだ。彼女は私に言った。

「お金がかかるから、しょっちゅうサロンには行けなくても、マッサージやシャンプーの方法を、スタイリストからみっちり習うのよ。それで何か月かに一回はプロの手でやってもらう。それならできるでしょ。まるで違うわよ。まるで」

前にも書いた通り、人口に対して美容室の数が一番多い都道府県は秋田県である。パリやニューヨークやロンドンで修業してきたヘアメークがいる店々や、ご近所のお婆ちゃんが下駄《げた》をつっかけて行くような「パーマ屋」等々、個性や客のターゲットは多種多様だが、秋田県は人口比で全国一の美容室数を誇る。

秋田在住の男友達は、

「ああ。秋田の女だば見栄っ張りだがら。人が集まるどごさ行ぐってば、まず美容院さ行ぐべ（人が集まる所に行くとなると、まず美容院に行くからな）」

と言い、秋田出身で東京在住の男友達は、

「秋田の女は、秋田美人というレッテルを守り抜くからね。どっかの化粧品会社がデータをとったら、秋田の女の肌はベスト10にも入らなかったんだろ。だけどヘーキでさ、何て言ったと思う？」

と私に聞いた。ポーラ化粧品の「美肌県」の調査で、秋田は全国一六位だった（二〇一三年）。それに対し、彼の周囲の秋田の女たちはヘーキで言ってのけたそうだ。

「あーい、あくたらもの。かもねでおげ。秋田ばり美人だば悪どて、他さも花持だせでるだげだ（あーら、あんなもの。構うことないわよ。秋田ばかりが美人じゃ悪いからって、他にも花を持たせてるだけよ）」

その男友達は、私に力説した。

「見栄っ張りに加えて、秋田の女は気が強くて、唯我独尊《ゆいがどくそん》。全国でも人口減がトップクラスで深刻なのに、美容院の数が全国一ってのは、秋田女のそういう気質の表われだな」

ただ、何かあるごとにサロンに行くという見栄は、つまりプロの手に委《ゆだ》ねる回数が多いということだ。前述の女友達は、プロの腕によると「まるで違う」と言った。秋田の女性は、それを何かあるごとに実践していることになる。そう考えると、秋田美人の一要素として、「髪」は実に大きい。

皆さまの周囲にも、いるのではないだろうか。美人だったり、キャリアウーマンだったり、とても好かれたりという女性なのに、髪がペッチャンコ。分け目は「禿《はげ》」に近いほどくっきりと地肌が見える状態。こういう人は、いくら清潔にしていようと、洋服に気を使っていようと、仕事ができようと、やはりステキには見えない。周囲の女たちは心の中で、「この人には憧れないなァ」と思っているものだ。

前出のマサ大竹は言っていた。

「人間にとって、ファッションとは飾ることじゃなくて、自分の表現なんです。自分の表現ということも、人間の『仕事』のような気がしますね」

一方、京都に行くたびに、私は興味深いことに気づいていた。黒髪の女性が多いのである。もう一五年も二〇年も前からだ。他府県では町中に茶髪があふれ、金髪も当たり前で、緑色やピンク色の染め分けも珍しくなく、むしろ「髪の色は個性。自由に着換えるのと同じ」とか「黒髪は重苦しくて、服に合いにくい」とかいう風潮があった頃から、京都では黒い髪の女たちが目についたように思う。

その頃、ロケで訪れた祇園で時間ができた私は、女友達三人と食事をした。全員が京都

生まれ、京都育ち、京都在住である。私が、

「京都は茶髪が少ないね。何か遅れてる感じがする」

と言うと、三人は鼻で笑った。そして、

「遅れてるからとちごて、意識して茶髪にしいひんの。なんでかいうたら、茶髪は頭悪そうに見えるやろ」

と言い放った。私はその時、生ビール色の髪をしていた。他の二人は、

「好きやったらええのとちゃう、赤でも黄色でも何でも。きれいに見えるかどうかは別やけどな」

「茶髪にしたはる人らって、肌の色がくすんで見えることに気づいたぁらへんみたいやなぁ。京都の人らは気づいてるし、昔から髪を大切にせなあかんって教えてもうてきたから。したい人はどうぞお好きに、やわ」

「ほんまやなぁ。せやけど、すぐにすたれると思うわ、茶髪。日本人には薄汚いし」

と、生ビール色の私を前に言った。

あの時、改めて思い出させられたものだ。流行のミニスカートを、最後に取り入れたの

は京都である。京都の女たちは流行に飛びつくことを、恥とする文化を持っていたのだ。おそらく、曽祖母《そうそぼ》や祖母の代から伝えられている精神や美意識が、厳然とあるのだと思う。

あれから二昔近くがたち、最近、東京でも茶髪が少なくなってきたと思っていたところ、女性誌などが「黒髪返り」を特集するようになった。そして、『読売新聞』(二〇一三年四月二日付)では、

——若い女性再びの「黒髪」——

という大きな特集記事を組んでいる。

それによると、「資生堂サロン&スパ銀座」では、黒く染め直す人がこの四年で三割ふえたという。同店のスタイリストは「髪を明るく染めることより、健康な髪質を維持するための手入れに時間をかけるお客様が増えています」と語っている。また、女性誌では黒髪に戻すことで「肌の白さが際立つ」としているそうだ。こんなこと、京女は茶髪全盛の頃から言っていた。やっと社会が京都に追いついてきたのか。

ここに紹介した秋田と京都の例は、すべての秋田女性、京女性にあてはまることではない。だが、美人産出地の両地方においての、髪に対する向かい方として考えさせられる。

16

ほっそり体形
——医学的にも美容的にもベストな基準は？

年末年始に、三十代から六十代までの女性たちと食べたり飲んだりする機会が、幾度となくあった。女性ばかりの会だと、年代に関係なく「ガールズトーク」が炸裂《さくれつ》する。考えが合わなくて大騒ぎになる中、年代や意見や出身地や職業にかかわらず、全員が口をそろえた一点がある。

「やせたい」

である。すると一人が、秋田出身者に言った。

「あなたなんか肌がきれいで、色が真っ白で、やせることないわよ。『色の白いは七難隠す』って言うじゃない」

「何言ってんのよ。色白で肥満だと、白ブタに見えるの」

それを聞いた京美人が、機先《きせん》を制した。

「京の女は立ち居ふるまいがきれいだから、太っていても美しく見える……なんてことは絶対にないからね。柳腰の女であればこそ、立ち居ふるまいが映えるの。ビヤ樽《だる》みたいな腰では周囲の人も暑苦しいの。やせたい」

この秋田美人も京美人も、まったく太ってはいない。なのにこう言う。美白や立ち居ふるまいをしのぐ「ほっそり体形」は、全国の女性の強烈な希求なのだと、改めて気づかされる。

もちろん、今は「マシュマロ美人」だの「もてプヨ」だのと、太めがもてる局面もある。だが、そう言われる彼女たちは顔立ちがもともと愛らしく、「プヨ」がキャラクターを際立たせる。ただ太っていればいいというものではない。

と同時に思い出したのが、テレビCMのマツコ・デラックス。あれはCGなのか何の処理なのか、ほっそりしたボディと小顔の彼女が登場する。そのきれいなこと。友人たちの間でも、「マツコって、元はあんなにきれいなのね。やせないともったいないよ、あの人」と評判なのだ。あの美しいマツコを思うと、やはり誰しも「私もやせよう！」と心に決めるのは当然だと思う。

一方、高価なダイエット食品に何の効能もなく、問題になるケースは多々ある。また、ダイエット薬品で体を悪くしたり、死亡する例まで報道されている。だがそれでも、女性たちの強烈な希求はおさまらず、新手のダイエット法や実践本が次々とヒットする。私たちは、その多種多様な、時には正反対な説を前にすると、何を信じていいのかわからなくなる。

油を控えよという説がある一方、控えるとカサカサシワシワになるという説もある。炭水化物は控えよ。いや、米こそダイエット食品だ。粗食が健康的にやせさせる。いや、肉食こそ大切だ。三食しっかり食べよ。いや、一日一食が若さと体形を保つのだ等々、シロウトはどれを選択していいかわからない。

シロウトはただただ、「美容的に美しい体形になり、医学的に健康でいられる方法」を知りたいのである。まったく神をも畏《おそ》れぬ考えだ。図々しいにも程がある。だが譲れない。これはまず、健康を考え、医学的見地から知る方が先だろうと思った。それを説いた本も多く出ているが、このページの中でわかるように、端的に教えてほしい。

こういう畏れ知らずの質問は、親しい医師にしかできない。それも、その畏れ知らずに共感できる女医がいい。すぐに思い浮かんだのが、私の従妹《いとこ》の富岡智子である。彼女は、仙台近郊に建つ「みやぎ県南中核病院」の、循環器内科医。肥満と心臓病は密接な関係を持つ。普段、私たちが目にすることのない学会のガイドラインをもとに、わかりやすく話してほしいと伝えた。

彼女は言う。

「肥満研究の専門医の話を聞いても、太るとかやせるのメカニズムは、まだ解明の途上なのね。もちろん、糖尿病患者とか心臓病患者とか、病気治療のために肥満を防ぐ方法はあるのよ」

そういえば、以前に私は女性誌だったかで「糖尿病食でやせよう」という記事を見た記憶がある。それを彼女に話すと、言下に否定された。

「体重は落ちるけど、健康な人が続けていいわけがない。大体、やせると言っても体重が落ちればいいという問題ではなく、内臓脂肪を落とすのか、皮下脂肪なのかで違う。筋肉や基礎代謝量との関連もあるし。こういう話、耳タコよね」

「耳タコ。とにかく、美容的にも医学的にもいいやせ方を、早くしたいのよ。わかるでしょ」

「わかるわかる！　太ると見た目が悪くなって、服が入らなくなって、オバサンくさくなって、女のモチベーション下がるからね」

医師として神をも畏れぬ答えだが、その通りだと読者はうなずいているはずだ。続けて、富岡は医師として言った。

「まず、やせたいと言う人は、医学的には実はそれ以上やせる必要はないことが多い。これを念頭に、適正体重を計算して肥満度を判定する。ここがスタート。肥満度は、今や女性なら誰でも知ってるくらいになったＢＭＩよ」

「ＢＭＩって信用できるの？」

「学会ではそれを基準にしているし、これはBody Mass Index（肥満指数）の略で、世界的に使われているものよ」

多くの方はご存知と思うが、「体重（キロ）を身長（メートル）の二乗で割る」と出てくる数字だ。私の場合、身長が一六五センチなので、一・六五×一・六五で二・七。体重五四・五キロを二・七で割ると、二〇・一が肥満度になる（小数二位以下切り捨て）。「普通体重」は「一八・五以上二五未満」とされ、「二二」が最も病気にかかりにくいと言われる。しかし、もしも私が「医学的ベスト」の二二をめざすとしたなら、体重は五九・四キロということになる。六〇キロに手が届くこれは「美容的ベスト」とは思い難い。

だが、富岡は、BMI一八・五以下の「やせすぎ」の恐さを言う。国立がんセンターの統計によると、BMIが一四〜一八・九の男女の死亡率は、二三〜二五の男女に比べて二倍だったという。

「二倍の死亡率とやせすぎが関係するのか、まだ解明されてないけど、やせすぎが病気を招いたり、抵抗力を失うことはあるのよ。やせすぎによって、骨密度が低下して、脊椎《せきつい》圧迫骨折とか大腿骨《だいたいこつ》骨折して動けなくなったりも、死因に関係していると考えられそうね。やせすぎの若い女性は無月経もある。それに、美容的にやせすぎは見た目も悪いわよ」

では、あふれるダイエット情報の中、何を選び、実践していけば、医学的にも美容的にもいいのか。彼女は明快に言った。

① 医学的にも美容的にも、BMI二〇〜二二をめざす
② 自分にとって、非現実的なダイエット方法は選ばない

「ダイエット方法は、どれも論理があるけど、自分にはできないものってあるよね。たとえば、三〇回嚙《か》んで食べなさいと言う。できないなら、一口食べたら箸《はし》を置けと。そうすれば次の食べ物を口に入れられないから、必ず嚙むことになるって。でも、これは現実的には無理という人はいると思うのよ。ならば、これは自分には合わないとして、選ばない。ただ、一応念頭に置いておいて欲しいのは……」

と挙げたのが、厚生労働省や学会が推奨する食べ方。

1. 三食きちんと食べる

2. 朝→昼→夕と、食べる量を減らしていく
3. よく嚙んで食べる
4. 寝る前三時間は食べない

「この三食きちんとというのも、無理な人はいるはず。いくら理想的でも、自分にとって非現実的なことは続かないし、ストレスになる。中にはストレスから心に病が出るケースさえあるのよ。自分のBMIが適正体重の範囲にあるなら、もっと気楽に考えた方がいいの。もともと病気ではないんだし、本当はそれ以上やせる必要がないんだから。つまらない回答だけど、できることをずっとやる。それが必ず効果を出すから」

結果、私は「食べすぎない」「歩けるところへは歩いて行く」「外食は週二回まで」の三点にした。そして「できない時は、週単位、月単位でコントロールする」とした。これなら続く。

早速、白ブタ秋田美人とビヤ樽京美人に伝授した。

それにしても、思い出されるのはファッションデザイナーの横森美奈子だ。彼女は前述

した通り、身長一六〇センチ、体重六〇キロを公言している。ＢＭＩ二四だ。それなのにあのスリムな印象、若さ、美しさよ。富岡の言う「適正体重の中にあるなら、もっと気楽に考えよ」という言葉と、横森の姿を思うと、医学的・美容的ベストがみごとに重なる。

17

変わる顔

――自信とブランドが美人を作る

毎月、この「秋田美人と京美人」を読んでいるという東京の女友達三人が、あろうことか同じ感想を言った。

「秋田女性と京都女性、強気よねえ」

私はこれを聞き、「やっぱり、そう思うか」とおかしくなった。

この連載を担当している二十代の女性編集者からのメールにもあったのだ。美肌県の調査で、秋田が全国一六位という下位に甘んじた時のことである。それに関し、私が実際に会った秋田の女たちは、「秋田ばり美人だば悪どて、他さも花持だせでるだけだ」と歯牙《しが》にもかけなかった。私がそう書くと（第十五章）、女性編集者はメールを送ってきた。

「この強気な発言には驚かされました。やはり、『秋田美人』の自覚が強くあるんですね」

また、京都の女たちは金髪や茶髪が全盛期の頃から、それを嫌い、「茶髪は頭悪そうに見えるやろ」とか、「茶髪は日本人には薄汚く見える」と一刀両断。「すぐにすたれると思うわ」と断言した（第十五章）。実際、現在の世間は黒髪返りしている。

女性編集者のメールには、

「京都の女たちの一歩先行く発言に、やはり強気だなと感じました。確立された美意識がありますすね」

とあった。むろん、これらの強気発言は、秋田や京都の全女性の声ではないことは当然である。

だが、先の女友達三人や担当編集者の感想は、はからずも「美人」を形作る一要素になっているかもしれないと気づいた。

女友達は言ったのだ。

「秋田と京都の女の強気、どこから来ているか。それは自信からよ、自信」

「そう。あとブランド力。秋田美人、京美人という揺るぎない伝統のブランド力」

「両地には不美人もいっぱいいるのに、自信とブランド力が顔をマシに変えちゃう」

これには、みんな大笑いしたのだが、あながち間違っているとは言い難いのではないか。

つまり、置かれている環境が顔を変えてしまうという現実は、確かにあるように思う。

私は以前から、政治家になると男女共に、どうしてこうも顔が変わるんだろうと思っていた。当然ながら、すべての政治家ではない。また、「変わる」というのは、よく変わるケースと悪く変わるケースがある。どちらにせよ、政治家ほど「人間の顔って変わるんだなァ」と実感させてくれるものはない。

「女性政治家の顔が悪く変わるケース」を考えると、「以前はもっと品のいい人だったのに」と思うことは少なくない。

おそらく、これは置かれている環境において、「目立ちたい」「欲しい」が、悪相の根源になっているのではないか。

たとえば、一般女性はとても着ないような派手な色の服を着始める。化粧も濃い。表情を過剰に作る。何とかテレビに映りたい。出たい。これらは「目立ってナンボ」という品のなさを表わしてはいないか。他にも、目立つための努力というか、あがきを見ることはある。

また、「欲しい」は、間違うと「媚び」に行く。票が欲しい、選挙資金が欲しい、いい地位や肩書きが欲しい等々だ。そのためには風向きを見たり、強い方になびいたり、権力者にも一般人にもおもねったり。ついには土下座もいとわない。

再度書くが、すべての政治家ではない。

こういう環境に身を置けば、顔が変わって当然である。以前は備えていた品が薄れるのも当然である。世の女たちは、こういう同性を「美人」とは思わない。「目が笑っていない」などと見抜いていることを、当の女性政治家本人は気づいているだろうか。

顔が変わるという意味では、「恋をすると女はきれいになる」と、昔から言われる。相手に認められたくて、心身を磨くからだ。もし、「両想い」になったなら、選ばれた自分に自信を持ち、さらに輝く。

また、家族に幸せなことがあったり、自分の仕事がうまくいったり、ほめられたり、認められたりすると、顔が一変することがある。自分に自信がつくのだと思う。

京都女性の場合、「ミニスカートを認めたのは、全国で最後」という気概は有名だ。前述の金髪茶髪もそうだが、流行に飛びつくことをしない。そういう態度を恥じる文化がある。

私が「オー！」と思ったのは、複数の京都女性が当たり前のように言ったことだ。

「天皇皇后両陛下の東京の皇居、あそこは仮の御家《おうち》やわ。いずれは京都にお帰りにならはるさかい」

さらにストレートに談じた京都女性もいる。

「東日本大震災の時、両陛下が京都にお移りにならはったと、噂されましたでしょ。実際には皇居をお離れにならはらへんかったけど、あの噂は、両陛下には京都こそがふさわしいお住まいやという証《あかし》や」

「京都の格式やら、文化やら、伝統は、他のどこも持ったぁらへんもんやしなぁ」

この自信、そして京都という圧倒的なブランド力は、女たちの顔を変えうるのだ。

テレビドラマのロケ現場では、京都の人たちは見物に寄って来ない。他地域では、特に人気のアイドルや俳優のロケだと、交通整理が必要な場合もあるほどだが、京都ではまず近づかない。無視して歩き去る。私は実際に何度も経験している。『朝日新聞』（二〇一四年一月二十八日付）では、石原裕次郎と勝新太郎が京都でよく遊んだことに触れ、

「大物を見ても騒ぎ立てない、それが京都人だ」

と書いている。

私の京都人の女友達は、口をそろえた。

「自信？　あるえ。うちが持っているもんの自信やのうて、京都の女やいう自信やなぁ」

「『ご出身は？』と聞かれて、『京都です』って答えるやろ？　ほな他の都道府県の人らは必ず、一瞬ひるまはるさかい、なんやいい気分になってくるなぁ。自信持つようになってくるんとちゃう？」

「まぁ、それが顔も変えるんかもしれへんなぁ」

何たる強気。

面白いことに、秋田の女友達グループも同じことを言った。

「自信？　秋田生まれ秋田育ちっていうことが自信。美人産地として突出してるべ。自分

が美人でなくても得だって」

「んだよォ。秋田ってだけで、よっぽどのブスでもね限り、やっぱり肌がいいだの色白だの、相手は勝手にほめてけるもの」

「秋田美人ってな、元々、ピシッとかたい美人でねのよ。しどけない色気って言うか、竹久夢二の絵のモデル、いるべ。お葉《よう》さん。ああいった、しどけないども、女が見てもいいなァってタイプ。今だば壇蜜《だんみつ》だな」

「他の県では真似できねの、秋田美人は」

女友達は自信たっぷりにこう言ったが、本人たちは「しどけない色気美人」とは無縁のタイプ。それでも平気で言うのだ。

「秋田の女だば、遠い昔にロシアの血混じったから、他はついて来られねの」

私は質問した。

「人って環境によって顔が変わると思うんだけど、どう？」

「変わるども自分では気がつかねのよ。私ら、一番大事にしてるのは、仲いい女友達の目だな。ハッキリ言ってくれるから」

「私なんか、『アンタ、秋田出身って言ったら笑われるよ。ソバカスどうにかさねばダメだ』って言われたなだよ。ムカついたども、一年かけて薄くしたら、ほめられたァ」

京都女性たちの言葉は正反対で面白い。

「親しいても、京都の人らはあんまりほんまのことは言わへんなぁ。きついこと言うてもようないし、やっぱり自分で自分をよう見て、自分で判断したはる人が多いんとちゃうやろか」

わずか二地域の比較でも、これほど個性は違う。だが、その個性が各地独特の美人を作るのだろう。

そして、自信とブランド力が美人を作ることは確かだ。地域に関係なく、自分の芯になる力をつけ、それを自分のブランドにすることの重要性を思う。

と同時に、「顔が悪く変わるケース」を、反面教師にしたい。

18

きれいな姿勢

その1――「見た目年齢」に雲泥の差

ある時、高校の同期会があり、久々の再会で立食パーティ会場は大賑わいだった。

すると、一人の男子同級生が、人をかきわけて私のところに来た。そして、首のつけ根のあたりをポンと叩いた。

「内館、姿勢の悪さ、半端じゃないよ。今のうちに何とかしないと、体のゆがみがもっと進むし、老《ふ》けて見られるぞ」

それを言いたくてわざわざ私のところに来た彼は、整形外科医で大きな病院の副院長だった。私は愕然《がくぜん》とした。猫背であることは昔から自覚していたが、骨や筋肉のプロの目から見て、猫背というだけでなく、体そのものがゆがみ始めていたのか。

それからしばらくたった時、女友達ばかり一〇人ほどでごはんを食べた。その席で、ふと私は気づいたのである。一〇人の中に秋田出身者が二人、京都出身者が一人、金沢在住者が一人いたのだが、この四人の姿勢がすごくきれいなのだ。トイレに行くために立ち上がる時も、階段を昇る時も、もちろん駅まで歩く時もだ。

私がなぜだろうと聞くと、秋田の二人は笑って答えた。

「雪道のせいだべな。雪国の子だば、親から教えられねで、雪から教えられるなだ。雪道を滑《すべ》らねように歩くてば、やっぱり重心をきちっと取らねばならねし。立つのも階段の昇降も、小ちぇ頃から雪に叩き込まれてるものな」

京都出身と金沢在住は、同じことを言った。両地とも、子どもの頃から着物を着させられることが多いと言うのだ。

「お祭りやらお誕生日会やらお雛《ひな》さんやら、何かにつけて着物。母の日舞《にちぶ》の発表会に、子どもまで着物で行くことかてあるえ。大人になったらお茶会、観劇やらもなぁ。たぶん、他所《よそ》の地方より着物を着せはる親は多いんとちゃうやろか。着物って身につけるだけで背筋がピンとなって、だらしのうしてられへんやろ。姿勢は小さい頃からの体験え。秋田の人らと同じ」

姿勢の美しさが美人の重大要素になっていることは、誰もが認めるだろう。四人の言う雪道と着物が、医学的に正しいのかはわからない。ただ、幼い頃から身についた姿勢が、秋田美人と京美人を作っている一因であることは、十分に考えられる。

ここに興味深いアンケート結果がある。株式会社ソシエ・ワールドが、全国の二十歳から五十九歳までの女性六〇〇人に、「女性の姿勢に関する調査」を実施した。(二〇一三年五月二十四～二十六日)

その中から幾つかを紹介する。

1．猫背の女性は、そうでないスタイルの女性に比べて実年齢より老けて見えると感じますか？

「老けて見える・やや老けていると感じる」と答えた人が、何と九一・六パーセントである。一〇人中九人以上が、そう感じるのだ。これが現実なのだと突きつけている。

2．感覚として、（姿勢が悪いと）実年齢より何歳ほど老けて見えると感じますか？

四〜六歳　六六・七パーセント
一〜三歳　一八・五パーセント
七〜一〇歳　一三・六パーセント
それ以上　一・二パーセント

これも恐ろしい結果である。猫背や姿勢が悪いと、「四〜六歳も老けて見える」と六六・七パーセントもの人が回答。一三・六パーセントもの人が「七〜一〇歳は老けて見える」と答える恐ろしさ。

ソシエ・ワールドでは、この結果について、

「姿勢をよくすることで、見た目年齢が改善できる可能性を示しています」

と分析しているが、まったくその通りだと思う。問題は、私の実体験で言うと、改善の努力が続かないことだ。

3. あなたが現在、猫背を改善するために取り組んでいることはありますか？（複数回答）

「特に取り組んでいることはない」と答えた人が、五六・六パーセントである！　ほらね、半数以上が何もやってないのよ！　チラッとでもやった私の方がマシでしょうが。

取り組んでいる中で、一番多いのが「ストレッチ」の三五・六パーセント。疑うわけではないが、三五・六パーセントもの人が、毎日ストレッチをしているとは思えないなァ。私の経験と照らしあわせると、「ストレッチしたことがある」という程度の人も含まれている気がしてならない。

一方、若々しく見える人に対しては、「きっと何かエクササイズをしているはず」と、六三・五パーセントの人が勝手に思い込んでいる。そこで、次の質問だ。

4. 若々しく見える人が、何かしらのエクササイズを行っているイメージを持つ理由はなんですか？（複数回答）

姿勢がよいから　七四・一パーセント
身体のバランスがよいから　七一・七パーセント

この上位二位が圧倒している。「姿勢のよさ」は、「身体のバランスのよさ」にも通じるところがあるように思う。となれば、姿勢のよさこそが、若さと美しさに非常に大きな影響を及ぼすことは明白である。

5. あなたが体形美人だと思う人はどのような人ですか？（複数回答）

バレリーナ　六〇・三パーセント
ダンサー　五〇・二パーセント
ヨガをする人　四二・九パーセント

これが上位三位だが、バレリーナが二位に一〇ポイントの差をつけてトップ。確かにバレリーナは立っても動いても、体に線が一本通っているようで、本当に美しい。森下洋子、熊川哲也、吉田都といった世界的バレリーナ、ダンサーは言うに及ばず、バレエをやっていたという人たちは、六十代でも五十代でもみんな姿勢がいい。体は細いのに筋肉があり、顔が小さく首が長く、他の人たちとはちょっと違うオーラを発している。

バレリーナの姿勢と身体バランスは、やはり子どもの頃から体に覚えさせてきたものだろう。そして、その美しい動きは、筋力によって支えられていることを、私たちはとかく忘れがちである。

よく「筋力が衰《おとろ》えると、要介護や寝たきりになる場合があるから、筋力トレーニングは必要だ」と言われる。そう言われても、「それは老齢者の問題だし、私にはまだ関係ない」と思う人が多いだろう。私もそう思っていた。

だが私は数年前、寝たきりになった。六十歳になって三か月の時である。あの時、筋力がいかに人の動きを支えているかを思い知った。美しい姿勢だの歩き方だの、そんなものは別世界の話で、何しろ寝たきりである。

筋力が衰えると、体は本当にクラゲのようになる。クラゲになった恐怖は、今まで体験したことのないものだった。そしてあの時、筋力は鍛えることで確実につくということも、身をもって経験した。

ことの発端は、旅先の岩手県盛岡市で突然、心臓と動脈の急病で倒れたことである。岩手医大付属病院に救急搬送され、一三時間に及ぶ緊急手術を受けた。日本でも屈指のカリスマ外科医のおかげで蘇生したが、死んで当然という状態だった。

その後、二週間ほど意識不明が続き、やっと目覚めた時、全身の筋肉がすべて落ちていたのである。指一本動かない。できるのはまばたきだけ。この状態が一か月続いた。その後、リハビリに励み、歩行器で十五歩くらい歩けるようになったのが二か月目。もちろん、理学療法士と看護師につきそわれてやっとである。自力で立てるようになったのは、三か月目も半分過ぎた頃ではなかったか。医師や理学療法士に「よくここまで頑張った」とほめられたが、筋トレを続けると、昨日までできなかった動きができるようになる。嬉しくて、とてもさぼる気になれなかった。それどころか、実は一人でもやりすぎて熱を出し、ドクターストップがかかったほどである。

これほどまでに、筋力の大切さと筋力鍛練の効果を知った私は、退院後もしばらくはさぼらなかった。しかし、体調が戻るにつれ、やらなくなった。あげく、元同級生に「姿勢が悪い。老けてみえる」と言われるしまつだ。

次回では、そんな私でさえ「これならできる」と思い、始めた「よい姿勢を保つ意識」を紹介する。「エクササイズ」ではなく「意識」だけ。なのに姿勢が一変する。

19

きれいな姿勢

その2——目が胸にあるイメージで

前回、姿勢が悪いと、見た目年齢が四〜六歳も老けて見えるというアンケート結果をご紹介した。そして、姿勢が美しいのはバレリーナ、ダンサーだという結果もである。

前回の姿勢の話は反響が大きく、こんなにも多くの人が、自分の姿勢を気にしているのかと驚いた。私も非常に姿勢が悪く、よく正しい姿勢や歩き方を伝授される。その時は意識するのだが、難しくて続かない。

ある女優からは、

「簡単よ。頭が天井《てんじょう》から糸で引っ張られている——と思えばいいのよ」

と言われた。

やってみるとわかるが、これのどこが簡単なものか。すぐにギブアップ。

整体師の知人からは、

「歩く時、遠くの景色を見ること。口から細い糸が出て、その景色に向かって吐《は》き出す気持ちで」

と教えられた。怪獣ではあるまいし、天井からの糸よりもっと難しい糸で、一回やってギブアップ。

さらに、体育教師の友人は、

「アントニオ猪木《いのき》だよ。長いアゴを前に出す気分で立つ。そうやって歩くと、うつむかないだろ」

と伝授。確かにうつむかないが、常にアントニオ猪木といる気がして、これも続くものではなかった。

そして今回、たくさんの資料や書物を調べたり読んだりして、わかったことがある。

背筋が伸び、猫背にならず、重心が正しい位置に収まっている状態とは、

「鼻がヘソの上にある」

「両耳が両肩の上に位置している」

ということ。（帝京平成大学教授・渡會公治《わたらいこうじ》『致知』二〇一三年九月号）

やってみると確かに一直線のきれいさで、着物を着ると自然とこうなりそうだ。問題は、この姿勢をどうやって保つか。

バレエダンサーの熊川哲也が『プレジデント・ファミリー』（二〇一三年十月号）で語っていることが、具体的で参考になる。姿勢をよくする大きなポイントは、次の二つ。

「目が胸にあるイメージ」

「胸の目で前を見るように立つ」

とてもわかりやすい。さらに熊川は、目が胸にあるとイメージすることで、

「普段より目線が上がり、胸が開きます」

と語る。

胸が開くと、腹筋に力を入れているわけではないのに、お腹が自然に引っこむため、胴回りも美しく見えるという。

「目が胸にある」——これならば、頭を天井から吊《つ》られているとか、口から細い糸を吐くとかより、意識するのが楽だ。試してみてそう実感した。

これを別の言い方で伝えているのが、秋田県で「ビジュアルアカデミー」を主宰している伊藤玲子。彼女は『秋田魁新報』（二〇一四年一月二十九日付）で、「背筋の伸ばし方のコツ」として「舞台に上がっている自分をイメージせよ」と言い、次のように伝えている。

「正面上方から当てられたスポットライトを、胸元ではね返す感覚」

これも試してみたところ、自然に胸を張る姿勢になる。

美しい姿勢というのは、「胸」を意識することにありそうだ。

「胸を張る」という状態は、日頃姿勢の悪い人には疲れるし、過剰に胸をつき出したりして続かない。だが、

「目が胸にあり、その目で前を見る」

あるいは、

「胸でスポットライトをはね返す」

という意識なら、持ちやすいのではないだろうか。どちらでも自分に合う方を取り入れ、

そして、癖《くせ》になってしまえばシメタものである。

次に問題になるのが、「歩き方」である。立ち姿勢が美しくなれば、自然に歩き方も正しくなりそうな気がするが、やはりそういうものでもないらしい。

渡會公治は前出の『致知』で、歩く時は「股関節《こかんせつ》を意識せよ」としている。

人間の体は「上肢」と「下肢」に分かれているが、どこから下を「下肢」と呼ぶかをご存じだろうか。私は「大腿骨の付け根」から下だと思っていた。ところが違うのだ。渡會は同書で、「下肢とは股関節から下を示す」としている。そして一般的に、

「大腿骨の付け根からと思う方が多いのです。股関節は大腿骨と骨盤から(下をいうの)であり、股関節を曲げる大腰筋はみぞおちの奥にある胸椎一二番あたりから始まります。ですから足を前に出すには、骨盤、背骨を使うのです。みぞおちのあたりから動かす意識です」

と書く。これをすぐにマスターすることは難しいにせよ、これを知っているか否《いな》かの差は大きい。**「みぞおちのあたりから動かす」**ことを、意識の底にとめておきたい。

秋田に限らず、岩手でも新潟でも北海道でも、冬に雪国を訪ねるとイヤというほどわか

る。地元の人は雪道でも凍結路でもスタスタと行く。転ばない。それは決して靴のせいばかりではないと思う。

おそらく、無意識のうちに足を「みぞおちのあたりから動かす」ことをやっているのではないか。それが重心をきちんと取らせている。

一方、熊川は「きれいな歩き方」について前出誌で、次のように語っている。

「二本の脚《あし》をクロスさせながら、モデルのように一本の線の上を踏むように歩くこと」

また、着地については、

「かかとではなく、つま先を意識して脚全体で着地する」

としている。これもおそらく、雪に鍛えられた人々は、自然に身についているのだろう。

私は仙台の大学院に通っていた頃、転びまくっていつも言われていた。

「かかと重心だと、ツルッと来るよ。少しつま先重心を意識して、足裏全体で歩け」

まさしく、熊川の言葉を裏づけている。ただ、熊川は、バレエのトレーニングをしていない人が、急につま先に重心を置くのは難しいとして、次のように語っている。

「(これまで) かかとにかかっている重心を、少しつま先にかけるよう意識してみてはどうだろう」

これは、雪に鍛えられていない人にも通じる注意だ。

しかし、これでも難しそうと言う人もいるだろう。ならば、日本抗加齢医学会の、まさとみようこが説く方法はどうか。これなら、できるのではないか。

「おへそ、鎖骨《さこつ》、鼻先。歩くときに、この三点を常に歩く方向に向けておくこと」

姿勢が悪いと、まず鼻先が下を向くのがわかる。

この三点と胸の目を意識するだけで、見た目年齢はグーンと若くなるだろう。

20

女の中身
——他者が判定するもの

秋田や京都に関係なく、そろそろ「中身」についても触れないとなァ……と思いつつ、スルーしてきた。

「中身」、つまり本人の内面というか、心というか精神というか、外見ではなく実質というか。そこには性格がからむこともあろうし、難しい問題だ。

人間は外見より中身が大切だと、よく言われる。いくら美人でもハンサムでも、中身がカラッポな人はダメだとされる。

人間にとって、何よりも重要なのは中身なのだと、これは昔から言われていたようだ。

古い都々逸《どどいつ》に、

〽梅は匂《にお》いよ　木立ちはいらぬ
　人は心よ　姿はいらぬ

という歌詞がある。梅にとって重要なのは枝ぶりではなく、匂いだと。そして、人間にとって重要なのは心であり、見た目ではないのだと。枝ぶりや外見などは、「いらぬ」と断じられる程度のものだと、この都々逸は歌っている。

中身というのは、これほど大きなことなのに、定義のしようがない。

というのも、中身が「ある」とか「ない」とかは、他者が判定するものだからである。私はそう考えている。いくら本人が「アタシって、結構中身あるから」と思っていたところで、他者がそう思わないと、中身はないことになる。

判定する他者は、相手の中身を判定するのだが、他者はそれぞれ観点や好みが違うわけである。判定基準も当然違う。

たとえば、どんな話題にも独自の考え方を言う人に対し、「すごく刺激的で勉強になる。中身が濃い人だ」と評価する他者もいれば、「受けようとして、わざと奇抜なことを言うの。底が浅くて中身のなさが丸見え」という他者もいよう。

本人がいかなる実質を持っていようと、他者は他者の観点と好みで判定を下すのであるから、「中身」は定義のしようがない。

そういうわけのわからないものは、磨きようもあるまい。肌や髪などの手入れと違い、プロのアドバイスも望めない。「肌のプロ」や「髪のプロ」などはいても、「中身のプロ」はいないのである。

ネットを見ても、「中身とは何か」をスパッと答え、解説しているものは見当たらなかった。本書でもスルーしてきたわけがおわかり頂けよう。

私個人の意見としては、中身磨きにとらわれない方がいいと考える。どうやったら中身の濃い人間になれるかと努力したところで、いや努力は必要だが、他者の評価は百人いれば百通りあるのだ。他者の心などにかまうより、自分がやりたいようにやればいい。私はそう思っている。

ただ、「人は心よ　姿はいらぬ」を証明するかのように、美人でもないのにみんなが寄っていく人がいる。これはやはり、何らかの魅力的な中身があるからだろう。

こうなると、スルーもできないなと思い、私は男の友人知人に聞いてみた。

「あなたにとって、女の中身って何？」

「人間の中身」とせず、「女の中身」とし、三十代から六十代の男ばかり一七人である。

これが面白くて、「へえ」と思わされたり、「やっぱり」と思わされたり、勉強になる。

先に結論を言ってしまおう。一七人の答えをまとめて、私が断じた結論だが、中身のある女とは、

「二人でメシ食って、また食いたいと思わせる女」

これである。

男たちが言った勝手な言い分を紹介する。

まず、全員が言ったのは、

①「社会情勢を知らない女は問題外。社会情勢を知ることは、中身の基本」

ということだった。

「袴田《はかまだ》さんの冤罪《えんざい》問題からウクライナ問題まで、ほんのさわりでいいから知っとけよ、と思うことが何度もあったよ。メシ食いながら、そういう話をするわけじゃないけど、何かのことから『あ、彼女、これさえ知らないな』と思うことはある。その時点で引くね」

「新聞のナナメ読みくらいできるはずです。テレビで池上さんのニュース解説見るとか、その程度のこともしないで、中身を磨きたいなんて笑えます」

「世の中の動きに関心がない女っていうのは、それだけで中身ゼロだよ」

②根性が座っている

幾人かが言ったのは、スタップ細胞の論文捏造疑惑の小保方《おぼかた》晴子である。すさまじいバッシングの中で、自殺するのではないかと、彼らは考えたという。実は私も考えた。

ところが、彼女は一人でテレビカメラの前に出て、二時間半もの釈明会見をこなした。

その上、報道によると、ホテルの使用料など会見に使った費用はすべて、彼女が自腹で負担したそうである。

「いや、たいしたタマだと思った。自殺どころか自腹だよ。世界中のさらし者になって、自分から人前に出て来て、自分の言葉で語るんだよ。根性座ってるよ。しゃべったら面白いだろうと思わされる女だよね」

根性の座った女は可愛げがないとか、強すぎるとか、敬遠されるのかと思っていたが、別の一人は言った。

「根性座るには、それだけの葛藤《かっとう》とか喜怒哀楽を経験してるからですよ。そういう経験を重ねてきた女性は、その時々で色んなことを考えますからね。中身になりますよ」

③少し意地が悪いこと

へえと思った。「ものすごく意地が悪い」のは問題外だが、「少し」は「中身」になるらしい。

「つまりは、色んな角度から物が見られる深さですよ。たとえば、世間で美談として語られることに対し、別の見方を言ったりすると、意地が悪いなァと思いつつ、面白いヤツだと」

「だいたい、当たり障りのないことばっかり言ってる女、これは中身がない証拠。ホントにつまんなくてさ、しゃべってて、何とかして早く逃げようと思うもんな」

「テレビのコメンテーターの女性にも、時々いますよね。『消費増税、家計に響きますよね』とか『早く日中韓が仲よくなって欲しいですね』とか、こんな当たり前のことしか言えない女は、やはり中身ないですよ」

「俺、少しの意地悪さって、人間の幅《はば》だと思うね」

そこで私は「少しってどのくらい？」と質問すると、「自分で考えろ。それが中身だ」と言われてしまった。

④好きな作家・映画監督がいて、その人の作品だけは精通しており、語れること

これはミュージシャンでも画家でも、またスポーツ選手でも、その他あらゆるジャンルでいいそうだ。

「何かひとつのことでは、他人を寄せつけないほど熟知していて、そこから生き方とか考え方とかを学ぶ。そこから教えられたものを蓄積している。これは中身だよ」

ただ、次の⑤の要素が大切らしい。

⑤空気が読めること

あらゆる状況において、空気が読めて臨機応変に対応できる人は「中身がある」と彼らは言う。

「空気が読めないバカはさ、相手がその作家やミュージシャンに何の関心もないのに、延々としゃべってるワケだ」

頭の良し悪しは、もちろん学歴や学校の成績ではない。

「中身のない女は、たとえ空気が読めても臨機応変に対応できない。すぐに対応できる話題も、考え方も、何も持ってないんだからさ」

よく「美人は三日で飽《あ》きる」と言われるが、中身が備わっていれば、恐いものナシ。男たちの言い分は勝手だが、「飽きない美人」になるための一助にはなりそうだ。

広辞苑で「なかみ」を引くと、「中身・中味」と二つの漢字が出ている。そうか、「なかみ」とは自分自身の「身の味」なのだと、ふと思った。

21

爪化粧——昔から重要視されたハンドケア

私が小学校三年くらいの時だった。子ども向けに書かれた日本史の本だと記憶しているが、その中に女の子の興味をかき立てる話が出ていた。鳳仙花《ほうせんか》の赤い花をつぶし、その汁で爪《つめ》を染めると薄っすらと赤く染まるというのである。平安時代の人はそうやって爪を染めたと書いてあった。

大昔に読んだ文章を、今も思い出すのは、私が夏休みの校庭に入り、こっそりと鳳仙花をつんだからである。

九歳かそこらの私は麦わら帽をかぶり、カンカン照りの花壇で鳳仙花をつぶした。校庭には誰もいなかった。私は白い百葉箱《ひゃくようばこ》の陰にしゃがみ、赤い汁を爪にこすりつけた。実際には爪は染まらず、指ばかりが赤くなった。あの夏の午後が、くっきりと甦る。

鳳仙花は「爪紅《つまくれない》」という美しい別名を持つことを知ったのは、かなり後のことだ。

今、「ネイルアート」が非常に一般的になり、中高年の女性たちも、爪を美しく飾っていることは珍しくない。きれいに形を整えた爪に、色ばかりではなく模様を描いたり、キラキラと輝くビーズをつけたり。

時にはギョッとするほど「ケバい」アートの人もいて、爪ばかりが目立つ。ここまでするのはいかがなものかと思いつつも、自分に手をかけていることがわかる。おしゃれな爪の人を見るのはいいものである。

そんなある日、テレビを見ていて、秋田出身のタレントの壇蜜が、まったく爪を染めていないことに気づいた。手入れの行き届いたほっそりした指。そして切りそろえた爪は、画面で見る限りは何の色もつけていなかった。

これは絶対に、本人が意識して素《す》の爪にしているなと思った。女優であり、タレントであり、グラビアアイドルであり、「セクシー」の代名詞ともなっている立場であれば、ケバ風味のネイルアートを施《ほどこ》しそうなものだ。であればこそ、彼女は敢《あ》えて外していると思い、聡明だなと思った。

というのは、彼女の手入れされた素の指、素の爪がセクシーに見えるのである。

そう感じた私は、京都の花街に詳しい友人に聞いてみた。すると、友人は言下に言った。

「舞妓、芸妓のネイルは一切なし。いわゆるハンドケアはしっかりやるけど、時計も指輪もしない。祇園だけでなく、東京の新橋も同様だと聞いたわ」

また、美容関係の友人は言う。

「ネイルアートや濃い色のマニキュアが、着物や日本髪に合わないという理由もあるでしょうけど、素人《しろうと》さんの爪が派手になっている今、玄人《くろうと》の素の爪は色気を感じさせたり、逆に安堵感《あんどかん》もあるのよね。壇蜜さんはそれをわかってると思うわよ」

そして、断じた。

「爪を含む手指が美しいのは、昔から美人の重要な要素よ」

私は興味を持ち、「爪紅」の歴史を調べてみた。

びっくりしたのは、その起源の古さである。紀元前四、五世紀に、インダス川流域の女性たちは、カイガラ虫で作るラック染料で手の指先と足裏を染め、爪を伸ばして磨いていたという。また、古代ローマのネロ皇帝夫人は、龍の血に羊の脂《あぶら》を混ぜて爪を染めていたそうだ。(『化粧文化』津田紀代　ポーラ文化研究所)

そして、十九世紀のイギリスでは、手を小さく見せるために、食事の時以外は常にきつい手袋をし、マニキュアが流行していたという。(同)

中国では、唐の楊貴妃《ようきひ》が臙脂《えんじ》(赤い顔料)か鳳仙花を使い、ペディキュアをも施していた可能性があるそうだ。(『大人の女のこころ化粧』尾崎左永子　リヨン社)

日本でも、爪化粧は千年も昔の平安時代に始まった。樋口清之の『化粧の文化史』(国際商業出版)によると、平安時代の女たちはやはり鳳仙花の汁で染め、絹《きぬ》の布で磨いている。

江戸時代になると、『絵本江戸紫《えほんえどむらさき》』に、

「官女の化粧の具にして、下ざまのすべき事にあらずとなん」

と書かれている。つまり、爪を染めることは、日常の労働をせずに宮中にあがっている女たちがやるべきことで、下々の女はすべきではないというのだ。

これらを考えると、古代ローマから日本まで、世界の「爪化粧」は、女の高貴さを示すものであったとわかる。大きな手で野良仕事から洗たく、子守りまでをやる「下々の女」とは違うというアピールだろう。

それを裏づけるかのように、当時の書物には、「濃い色は下品」という趣旨の記述が多い。

江戸時代の『女用訓蒙図彙《おんなようきんもうずい》』には、はっきりと「赤きはつたなし」と書き、真っ赤な爪はよくないと断言。いいのは、「初楓《はつかえで》の葉さきの、紅葉《もみじ》したるにたとへたるもの也《なり》」と教えている。赤くなり始めた楓の葉先のような、ほのかな色が上品だということだろう。

そして、『女鏡秘傳書《おんなかがみひでんしょ》』には、「べにいかにもうすくさし給《たま》ふべし」とあり、一九二〇年代のビューティマニュアルは、次のように断定している。（前出『化粧文化』）

「爪を磨くことは生まれのよいことを示す重要なたしなみであるが、それには無色であることが必要」

明治時代には、爪の手入れをして染めることを「魔爪術《まそうじゅつ》」と呼んでいたという。「爪を研《と》ぐ」という言葉は、「武器」を暗示させる。さらにそこに濃い色や赤い色を塗っては、確かに騙《だま》しのテクニック、つまり「魔爪術」という恐ろしい言葉がピッタリ来る。

これからもわかる通り、爪をも含むハンドケアは、昔から重要視されていた。『化粧文化』では『都風俗化粧伝《みやこふうぞくけわいでん》』を引用している。これは、江戸時代の総合美容読本ともいわれるものである。

この本には、いくら顔をきれいに化粧しても、手足が「荒れて」「指が太く」「爪がのび」「垢《あか》がたまっている」のは、問題外であると書いている。これは、現代の美人の条件でもある。それが遠い江戸時代に早くも言われていたわけである。「常に手入れして、美しい手をたもつことが重要」と明記している。

さらに、「手足の指の太きを細く、ふしくれ立ち、かたきを和らかにする伝ならびに、指の短きを長くする伝」として、秘訣をあげている。これが、現代のハンドエステと同じなのだから、驚かされた。『化粧文化』の要約によると、

「常に指をもみほぐし、指一本ずつを軽く引き伸ばして、もみ和らげることを日々三度行なえば、指が細くやわらかくなる」

というのである。江戸の昔から言われているのだから、これは王道だろう。私たちはハ

ンドクリームをたっぷりつけて、日に三回やるべきかもしれない。

一方、現代のネイルアートは、手を美しく見せるための爪化粧ではなく、爪そのものの存在感を示すもののように思う。

であるから、時折ギョッとするような派手な爪と出会ったりするのだが、ネイルアートは一九八〇年代に始まったとされる。

そして、一気に広まったきっかけは、一九八八年にソウルオリンピックの短距離走で、金メダルを取ったジョイナー選手だろう。派手というかゴージャスというか、ともかく美しい黒人女性の魔爪は、一般人女性のおしゃれ心に火をつけた。

ファッションや美容は、時代によって変わる。爪にしても、江戸時代からの「薄い色か無色がいい」という感覚で見れば、ネイルアートは下品を通り越して、異形だろう。

ただ、美人の条件として、美しい手指は時代を越えて生き続ける。

とにかく、手は目立つ。手には他人の目が行く。手には生活が出る。そして、誰しも手のきれいな人に憧れるのに、ケアに対して顔ほどの力は入らないのではないか。

あくまでも私個人の所感だが、ネイルアートや濃いエナメルは、ハンドケアが十二分にできていないと不潔に見える。その不潔な印象は、時に本人の生活の荒《すさ》みにさえ重なる。

かつて、週刊誌が某美人女優の写真を載せた。浴衣《ゆかた》に下駄《げた》の彼女の、ペディキュアのハガレや足の汚さを写真にし、週刊誌はそこを突っ込んでいた。意地の悪い記事だと思ったが、核心を突《つ》いていたように思う。

顔と同様の気合いを、手にも持ちたい。

22

緑茶効果
――カテキンとビタミンの効力

秋田と京都は美人産出の「二大ブランド地」でありながら、美人を生む上での共通点が非常に少ない。異質の文化圏にあり、気候風土から嗜好《しこう》、県民性に至るまで、共通点は本当に少ない。それがかえって興味深いが、ふと共通点に気づいた。

「お茶」である。

秋田には「がっこ茶っこ」という方言がある。「がっこ」とは「漬け物」のことで、今もよく使う。『秋田のことば』（秋田県教育委員会編　無明舎出版）によると、漬け物を示す「香々《こうこう》」からきたらしい。「茶っこ」は「茶」のことで、秋田では多くの名詞に「こ」をつける。「菓子っこ」「本っこ」「花っこ」といぅ具合だ。

「がっこ茶っこ」は「漬け物でお茶を飲む」という意味で、この場合の「茶っこ」は緑茶が多い。コーヒーや紅茶ということはあまりない。こういう言葉があることからして、いぶり大根やナタ漬けなどのお茶受けで、よく緑茶を飲む生活がおわかり頂けよう。

私も秋田に行くと、友人や親戚に言われる。

「よぐ来たねがァ。あがってがっこ茶っこ飲んでげ（よく来たわね。家にあがって、漬け物でお茶飲んで行きなさぃよ）」

一方、京都の友人知人からの贈答品や土産は、圧倒的に宇治茶と和菓子が多い。彼女たちの自宅を訪ねても、まず出てくるのは緑茶と和菓子である。最初からコーヒーや紅茶ということは、ほとんどない。宇治を擁《よう》する京都は、やはり日常的に緑茶をよく飲む地域なのだと思う。

ということは、秋田にせよ京都にせよ、「緑茶と美人」はつながりがあるのではないか。

以前から「緑茶は美容と健康にいい」として、カテキンだのポリフェノールだのが豊富だと言われてきた。だが、何がどう美容にいいのか、健康にいいのかはよく知らない。これは知っておくべきだと思った。

共通点の少ない秋田と京都が、共に緑茶と縁が深いとなれば、それは美人を創る一要素と考えられよう。

そこで「美容効果」に絞って検証してみようと考えた。

まず調べたのが、秋田と京都の緑茶消費量である。総務省統計局の「家計調査」（二〇一一～一三年）によると、全国五一都市において、京都市の緑茶消費量は第四位。秋田市は二二位である。とび抜けて消費しているのは、さすがの静岡市。

そして、緑茶の産地だが、これはもう静岡が他の追随を許さない。一方、京都の宇治は生産量では第五位だが、「生産量より、高い品質とのれんを誇る」といわれ、上質な玉露《ぎょくろ》や抹茶《まっちゃ》などの産出を誇っている。（『知識ゼロからの日本茶入門』山上昌弘監修　幻冬舎）

「色は静岡、香りは宇治、味は狭山《さやま》でとどめさす」という茶摘み歌があるが、茶は色や香りばかりではない。調べていくうちに、確かに「美」を作る飲料だと思わされた。

緑茶には多くの効能があると言われる。その中で、「美」に関しては、二つの大要素を知った。

ひとつは「カテキン」である。よく聞く言葉だが、これは緑茶の渋み成分のことで、ポリフェノールの一種。

かつて、ポリフェノールは赤ワインに多く含まれ、健康によいと発表された。同時に赤ワインの需要が急に伸びたことを、ご記憶の方も多いだろう。カテキンはポリフェノールの一種として、脳の老人斑《はん》の形成を止めたり、分解したりする働きがあると知られている（『秋田魁新報』二〇一四年七月三日付）。その一方、美容に関しても数々の効果を持つ。

その一点目は「体脂肪と内臓脂肪の減少作用」である。

カテキンは、食事と共に摂取すると、脂肪の吸収を穏やかにする特性を持つそうで、伊藤園の中央研究所の調査結果が出ている。それによると、肥満気味の人が朝夕の食事と共に、約二〇〇ミリグラムのカテキンを含む緑茶飲料を飲むことを、十二週間続けた。すると、徐々に体重と腹部の脂肪が減り始めたという。カテキンを含まない飲料を摂取した場合と比べ、三か月で約一キロの体重差が明らかになったそうだ。

カテキンの二点目の効果は「活性酸素を消す作用」である。

活性酸素は「酸素毒」とも呼ばれ、増えすぎると人間の体を酸化させる。もともと、人間は酸素毒を消す酵素を持っているのだが、加齢と共に酵素の働きが衰えてくる。体が酸化すると、動脈硬化などの健康面の他、美容面では老化を早めるという。湯呑み一杯の緑茶で、七〇～一二〇ミリグラムのカテキンが摂れ、その中には活性酸素を消去する物質が含まれている。緑茶のそれは、各種食品や健康茶の抽出成分に比べても、格段に高い効果を持つとされる。（伊藤園公式サイト）

さて、カテキン以外に、緑茶にはもうひとつの長所が言われる。

ビタミンが多く含まれることである。美容上、大切だとされるビタミンA、C、Eが豊富で美肌作りに頼もしい。

たとえばビタミンC。これはコラーゲンを作り出す重要な栄養素だが、最も多く含まれるのは煎茶《せんちゃ》。「日本食品標準成分表」によると、一〇〇グラムの茶葉に二六〇ミリグラム含まれ、これは赤ピーマン一〇〇グラムあたりの含有量の約一・五倍になる。ビタミンCはウーロン茶にはごくわずかしか含まれず、紅茶にはまったく含まれていない。

普通、ビタミンCは熱に弱いのだが、緑茶の場合は熱で壊れにくい特性を持つ。緑茶成分がビタミンCを熱から守るためだという。つまり、熱い緑茶からでもビタミンCが摂れるわけである。（前出『知識ゼロからの日本茶入門』）

ビタミンEも、煎茶がナンバーワン。一〇〇グラムあたりの茶葉で六八・一ミリグラム。伊藤園の公式サイトでは「ビタミンE含有量で煎茶を上回る食品素材は、他にはほとんど見当たらない」と断言している。その含有量はほうれん草一〇〇グラムあたりの約三二倍という。

さらに、緑茶はβ《ベータ》カロテンが豊富である。これは体に入ってからビタミンAに変化するもので、特に抹茶に多く含まれ、その量はニンジンの約三倍という。

もちろん、過剰な期待はしない方がいいが、どうせ飲むなら緑茶という気持ちくらいは、あってもいいと思わされる。

興味深いのは、茶葉の種類によって種々の含有量が違うことだ。緑茶は茶葉によって、うまみも香りも渋みも違うのである。

ためしに、「がっこ茶っこ」の秋田女性に「何を飲んでいるか」と聞いてみたところ、多くが「玉露」と答えた。そして、複数の人が同じことを言ったのには驚いた。

「煎茶さ抹茶を少し足して飲むなだ。邪道《じゃどう》？　何バカさべしてる。たいしてうめがら構ねでけれ（何をバカなこと言ってんのよ。すごくおいしいんだから放っといてよ）」

玉露は甘みが強く、しょっぱいがっこに合うのだ。煎茶に抹茶を加えるのも、甘みをプラスするためだろう。結果、彼女たちは玉露、煎茶、抹茶の三種を常に摂っていることになる。

一方、京都の友人たちの多くは言った。

「いっつも飲むんは宇治の玉露やわ。あとは、お抹茶。お三時にお薄《うす》やらお濃《こ》い茶やら立てて、和菓子と合わせたら、ほんまに生き返った心地になる」

「京番茶もよう飲むえ。夏は濃いめにいれて麦茶がわりに冷とうして。さっぱりしてておお干菓子とよう合うんえ」

「番茶」は「番外の茶」とされ、一般的には下級茶と見なされる。低価格である。京都の人は高級な「宇治の玉露」と共に、安い「京番茶」をふんだんに愛飲する。

さらに、彼女たちは常に、京菓子と合わせて茶葉を選んでいる。カロリーも塩分も低い和菓子と三種のお茶。結果として、美容的効果にかなっていよう。

緑茶で一気に美貌が手に入るわけはないが、なるほどジワジワと秋田美人や京美人に影響しているかもしれない。

なお、誰もが気になる「ペットボトル」などの緑茶飲料の効果について、大阪市の先春園がホームページに書いている。

「緑茶ドリンクと急須《きゅうす》で入れた煎茶の旨《うま》み成分を比較すると、急須で入れた煎茶の方が約三倍すぐれています。その理由は、緑茶ドリンクで使われている茶葉が二番茶、三番茶だということ。それから茶葉の量が二五〇ミリリットルに対して二グラム程度しか使われていないためです」

冒頭の「家計調査」によると、緑茶の使用量が五一都市中四位の京都は、茶飲料の使用量になると四九位。宇治を擁する京都人のプライドだろうか。そういえば、「がっこ茶っこ」でペットボトルのお茶を出されたこともない。

23

着物

——日本の女は着ないと損

着物の力を思い知らされたことがある。

大相撲の朝青龍《あさしょうりゅう》が第六八代横綱に推挙《すいきょ》され、明治神宮で横綱推挙状授与式が行われた時のことだ。

晴天に恵まれた吉日、紋《もん》付《つ》き羽《は》織《おり》袴《はかま》で正装の朝青龍を中心に、同じく正装の協会幹部、ダークスーツの横綱審議委員ら合計三〇人ほどが一列になり、玉砂利《たまじゃり》を踏んで進む。

私は横綱審議委員として参加したが、私以外は日本相撲協会関係者も、横審委員もすべて男性である。私はこの時、ヨーロッパブランドの黒いスーツに、柔らかなシルクのブラウスだった。モーニングのように丈《たけ》が長く、フォーマルな印象のものだ。他の横審委員はダークスーツで出ると聞いていたので、ドレスコードを合わせたつもりだった。

これが大失敗。明治神宮という厳粛な空間、紋付き羽織袴という正装の男たちの中で、私の洋装はみすぼらしいだけだった。他の男性委員のダークスーツはいいのにだ。

私はあの時、思い知ったのである。たとえ、高額のヨーロッパブランドであろうと、きちんとした場では安物の和服に負けると。そういう場では、女性は和服に限る。身にしみた。

身にしみた私は、白鵬《はくほう》が横綱になった時は紋付きの色無地に、双葉山《ふたばやま》の帯を締めた。これは双葉山の土俵入りを絵師に描いてもらい、京都で染めと刺繡《ししゅう》をしてもらった特注だ。呉服屋に相談し、帯を中心にコーディネート。柄のある訪問着はやめた。

着物の力はとてつもない。この時の私の気持ちは、前回とはまるで違っていた。境内《けいだい》につめかけた人々からも「内館さん、すてきな帯!」「内館さん、細ーい!」などと声がかかる。全然細くはないのだが、着物が難を隠してくれるのだ。私はといえば、しとやかに微笑み返したりして、たいしたゆとりである。

あの時、心底から思った。日本の女は着物を着ないと損《そん》である。着物は体形をカバーし、仕草を優しくし、姿勢を美しくする。着るだけでそうなる。着ないと女の人生を損する。

京女が美しいとされるのは、幼い頃から着物に馴染む育てられ方をしていることが、一因として考えられよう。

歌舞伎の三代目中村橋之助《はしのすけ》の妻、三田寛子は京都生まれの京都育ち。姿の美しさは、女優として注目された十代の頃から聞こえていた。その三田が、月刊『いきいき』(二〇一三年一月号)で、京都出身の染織研究家・木村孝《たか》と和服で対談している。

京都では、南座《みなみざ》で歳末恒例の顔見世《かおみせ》興行があり、三田は次のように語る。

「私の祖母も毎年、南座に出かけていました。孫の中から一人が、祖母のお供をする大事な役割に選ばれたんです。そういう機会にきちんときものを着て、晴れがましく気持ちが引きしまったこと、今思うと、いい経験でした」

一方の木村はとても大正九年生まれとは思えぬ若さで、真っ白な肌の上品な京美人。その上、和服姿の凜《りん》とした姿勢には目を見張る。木村は南座の顔見世について、

「呉服屋さん、染め屋さんも、みなさんがどんなきものを着てはるか、それを見ようと劇

場に来ています」

と語っている。

この言葉は印象的である。恐いことだが、京都の女たちは厳しいプロの目にさらされてきたということだ。祖母のお供の子どもであろうと、おかしな着方、おかしな仕草をしたら祖母が恥をかく。着物が京美人を作りあげ、京美人は一朝一夕には生まれないのだと実感する。

また、京都に移り住んで一八年というエッセイストの麻生圭子《あそうけいこ》は、月刊『ジパング倶楽部』(二〇一三年十二月号)で、京都に住むまでは着物が「苦手でした」と語り、

「まわりの人たちが、ふだんは洋服なのに、お祭だ、茶会だというと、はんなりとしたキモノを着るんです。これが見違える(失礼)ほど、美しいのです」

と続けている。

着物に関しては、秋田はもとより他地域を圧倒する京都だ。

着物はいいことずくめである。日本人女性の大半はそれをわかっており、着たいはずだ。だが、着ない。ここが問題なのだ。たくさん持っている人でも着ない。

京都在住の私の女友達は言う。

「日本の女の人はなぁ、年齢と共にだんだん着物が似合うようになってくるDNAがあんのとちゃうやろか。成人式やら卒業式やらで若い子ら、華やかで可愛らしいけど似合たはる人は少ないやろ？　なんでやいうたら、それは若さと、普段着てへんことが原因やわ。とにかく、せいだい着いひんかったらあかんわ。タンスに入れっ放しの着物は死んでるんえ。それが平気な女も、うちに言わせたら死んだはる人やわ」

わかる。それでも着ない。なぜか。

①着つけができない。あるいは下手

実は、私は合計四年以上も着つけの個人授業を受けた。だが、情けないほど下手《へた》。紬《つむぎ》や小紋《こもん》なら何とかなるが、それ以上のランクは毎回、着つけを頼む。四年も習ってもだ。

先の女友達は笑った。

「数回のお稽古《けいこ》でマスターしはる人もいたはるんえ。せやから、誰かて、まずは習うてみたらええの。ほんで、紬やら小紋やらをせいだい着はったらええの。どうせ、訪問着やら紋付きやらめったに着る機会ないんやから、着る時はあんじょう着つけてもろて、恥かかへんようにすんのが正解」

ごもっとも。

②ルールがわからない

和装には多くのルールがある。着物や帯はもとより、帯締めや履物《はきもの》にも「格の上下」がある。そして、日本は四季が美しい国ゆえ、四季の取り入れ方も忘れてはならない約束ごとだ。

極端な例だが、十月の結婚式に招かれて、梅柄《うめがら》の小紋に名古屋帯、白足袋《しろたび》に桐下駄《きりげた》というわけにはいかないのである。

「だから面倒」と言う人はあろうが、私は最近の洋装は度を超えてゆるんでいると感じる。「何でもアリ」「自分の好きな服装に、とやかく言われたくない」のはわかるが、男も女も「何でもアリ」が悪く出ているきらいを感じる。先の女友達は言う。

「着つけを習わはったらルールも教えてくれはるえ。ルールに合うもんを持ったぁらへん時は、洋服で行かはったらええねん」

ごもっとも。

③動きにくい

確かに、過剰にゆるんだ洋服に慣れれば慣れるほど、着物は動きにくい。だが、動きを抑制されることが、きれいな所作として「美」のポイントになるのだ。

たとえば、着物だと脚《あし》を組むことも階段を駆け昇ることも、ひじをつくこともできない。いや、できるがみっともない。タクシーの乗降も食事のしかたも洋服のようにはいかない。

「せやから、動きが小そうなってきれいな所作に見えるんえ。日本の女の人は大股《おおまた》開きに慣れすぎたはるんやわ」

ごもっとも。

④高価である

着物にはそのイメージがある。帯や小物までフルセットをそろえたら、幾らかかるかと青くなってしまうのだ。

「考え方は二つえ。新しいもんを買わんと、家にある着物やら安い浴衣《ゆかた》やらで始めてみるんがひとつ。もうひとつは、紬やら小紋やらの普段着と小物をフルセットそろえる。お金をたんと使たら、着つけを習ろてあんじょう着なあかんわ思うやろ？　けど、着物を着はらへん女の人がもっともっと多なったら、京都の女の地位はますます上がんのとちゃうやろか。ウフフフフ」

くやしいが、ごもっとも。

作家の佐多稲子《さたいねこ》の言葉は突き刺さる。

「私たちの中ですでに日常性を失って、伝統文化のうちに息づいているきものの美は、美そのものの性質が限られたものになっているのをおもう。日本の美しい織物や染めは、その限られた範囲で生きるしかないのだろうか」（『年々の手応え』講談社）

着物を「伝統文化」の人々のものにしてはならない。タンスで死んでいる着物に命を吹き込むのは、私たち個々人なのだ。

白鵬の横綱推挙状授与式の時に作った双葉山の帯は、相撲に関係のないパーティや式典でも、よく締めている。

着物はタンスで死なせない。そう決めたのである。

24

匂い

——香りの立つ女は美しい

九月上旬、仕事で秋田に行くため、秋田市在住の友人に電話をかけた。

「東京はひどい残暑なんだけど、秋田は半袖《はんそで》じゃ寒い？　ジャケットは必要？」

すると彼女は笑った。

「こっちは夏終わればば冬。秋だばねのよ（秋はないのよ）。今、洗濯物取り入れるべ、もう冬の匂《にお》いしてるものな。陽《ひ》の匂いは冬が一番いいもんでねべが。干した服着てる人、みんないい匂いさせでるでば」

私はちょっと感動した。都心のマンション暮らしだと、陽の匂いに思いが至ることはまずない。と同時に、秋田の友人知人、親戚の者たちが、四季折々の香りについてよく口にしていると気づいた。

「あど雪の匂い、飽きだでば（もう雪の匂い飽きたわ）」

「角館《かくのだて》さ来《け》（角館においでよ）。歩くだけで、体さ桜の匂いついて、いいよォ。来」

陽の匂いは、本当にほのかなものだし、雪や桜に至っては、ほとんどしないに等しい。だが、雪に閉ざされた秋田の女たちは、四季の自然の香りに反応する。

そういえば……と気づいた。京都の友人たちも、香りに気を使う。いつ訪ねても、家にはお香がたきしめられている。貸したハンカチを返してもらった時は、かすかに匂い袋の香りがしたたし、彼女たちからの封書には、必ず文香《ふみこう》がしのばせてある。

『日本の香り』（コロナ・ブックス　平凡社）には「京都では、車内に匂い袋を下げているタクシーを多く見かける」とあるが、いかにも古都京都らしい。

私が会社勤めをしていた頃、聞いた言葉がある。

「香りのしない女は、いくら美人でも価値がない。それは香りのしないバラと同じだ」

本書の雑誌連載を始める時、「秋田美人は素《す》の美人、京美人は磨《みが》かれた美人」と言ったのは、ジャーナリストの橋本五郎だった。

四季折々の自然界の匂いが体につくことを喜ぶ秋田の女たち、自分の好きなお香を選んで他人に心配りする京都の女たち。ここにも「素」と「磨」があるように思う。

そして、女から香りが立つということは、やはり「美人」の一要素であるのだと思わされる。

『香と日本人』（稲坂良弘　角川文庫）には、クレオパトラの魅力のひとつに「香り」があったのではないかと書かれている。彼女の日常は、次のようだったとか。

「ヤギの乳で満たした浴槽に隙間なくバラの花を浮かべ、湯上がりの肌には香油《こうゆ》を擦《す》り込んだといいます」

また、同書では千年以上前に書かれた医学全書『医心方《いしんほう》』を紹介している。当時、医薬品として研究されていた植物性薬材の多くは、香の原料でもあったという。

千年前というと、『源氏物語』と同時代であり、物語の中でも光源氏や多くの女たちが、香を使いこなしている。前出の稲坂は『医心方』と『源氏物語』には、人間の根幹の願望が込められていると書く。それは、

「ただ長生きすればいいというのではない。いつまでも健《すこ》やかで、美しく、快活に長生きしたいという願望」

である。「健」「美」「活」という三つのキーワードは、平安人にとっても現代人にとっても同じ願望であるとしている。

香りをうまく使い、自分が匂いのするバラになると、それだけで心弾《はず》み、生き生きし、自信さえ持てるということはありうる。それは「美」に直結する。香りを取り入れない手はない。

日本には「香道」という世界唯一の芸道がある。それは香りを識別する遊びだが、茶道と同様に美しい作法のもと、香りに心を委《ゆだ》ねる喜びの時間でもある。日本人は古くから、香りには特別な思いを持っていたといえる。メールやＬＩＮＥの時代であっても、雪や桜の匂いを感じたり、ちょっとした手紙にまで文香を入れる心は、日本人であればこその感覚だろう。

問題は「匂いのするバラ」になるために、どう上手に香りを取り入れるかということである。下手に取り入れるくらいなら、「匂いのしないバラ」の方がマシということもある。

かつて、私の姪《めい》が小さい時、見知らぬ女性がエレベーターに乗って来るなり、
「トイレの匂いがするオバチャンだ」
と言ったことがある。私は聞こえないふりをして姪を抱きかかえ、あわてて降りたのだが、思い出すのは、あの言葉に他の乗客たちも小さく笑ったことだ。強烈な香水に、誰もが幼い子どもと同じ気持ちを持っていたのだろう。

香水のつけ方は難しいと言われるが、興味深い文章を目にした。一九二五年（大正十四年）に、三須裕《みすゆたか》が『資生堂月報』第六号に書いた文章だ。それを『資生堂という文化装置』（和田博文 岩波書店）が引用している。

「香水はそれを嗅《か》いだ時、其《その》匂ひの好き嫌いは別にして、或《ある》特殊の官能の世界に、其人を導く」

和田が同書に「体臭と混ざり合うことで、性的興奮を誘引する作用」と書いている通りだ。であればこそ、使い方の違いをわかっておく必要がある。官能的な状況の時と、日常とでは当然同じには使えない。

『女性セブン』（二〇一四年九月四日号）で、フレグランスアドバイザーのＭＡＨＯが、具

体的に使い方を書いている。

それによると、夫や恋人とまったり過ごす夜や、セクシーであることやゴージャスであることが必要な場合は、「胸元につける」のがいい。ただし、胸元は香りを強く感じやすい危険ゾーンのため、日常にそれをやると、自分だけでなく周囲の人まで悪酔いさせるとか。「トイレの匂いのオバチャン」はこれだったのかもしれない。

日常使いは「ウエスト、膝裏《ひざうら》、アキレス腱《けん》あたりの肌に直接、左右で合計6プッシュ」がいいという。「肌から一〇〜一五センチ離し、霧状でスプレーを」とMAHOは指南。肌に直接つけることで、香りが体温になじんで柔らかく香るそうだ。

そして先日、私は資生堂から「角館」というオードパルファムが出ていることを知った。オードパルファムは香水とオードトワレの間に位置する濃度。「角館」はおそらく、秋田の友人が言ったような、ほのかな香りではないだろうか。

私の独断だが、どうも日本人は総じてほのかな香りが好きで、たとえ官能シーンであってもムスクがムンムンよりは、動きと共に植物性の香りがほんのりと立ちのぼるという方に「感じる」ような気がしてならない。

『源氏物語』にも『枕草子《まくらのそうし》』にも、香りを衣裳に移すということがよく出てくる。それは「薫衣香《くのえこう》」などと呼ばれ、香炉《こうろ》の上に大きなカゴをかぶせ、その上に衣裳を広げる。香炉の煙が衣裳に香りを移す。それは「トイレの匂い」の強さにはなりようがなく、陽の匂いレベルのほのかな香りであったろう。だが、男も女もその衣裳を着ることが「健」「美」「活」に結びついていたのだと思う。

それを証明するかのような歌が、本居宣長《もとおりのりなが》にある。

「敷島《しきしま》の大和心《やまとごころ》を人問はば、朝日に匂ふ山桜花」

これは新渡戸稲造《にとべいなぞう》の『武士道』にも取りあげられており、決して香りについての歌ではない。「日本人の心というものはどんなものですか」と問われたなら、「朝日の中で香っている山桜の花のようなものです」と、大和心を答えたものだ。

だが、私はこの歌からも、日本人は華やかで強い香りよりも、「朝日に匂ふ山桜花」という、ほのかなものに惹《ひ》かれる心を持つと思えるのである。

間違いないのは、濃厚でセクシーな香水であれ、山桜のほのかな匂いであれ、香りはその人の個性として強烈に記憶されることだ。たとえば、別れた男と同じコロンを使っている人とすれ違ったり、亡くなった人の形見からその人の匂いがしたり、久々に訪ねた母校の廊下から昔と同じワックスが匂ったりすると、香りは個性だとよくわかる。香りがいかに他人に強く印象づけられていたかがわかる。

自身が「健」「美」「活」でいられるためにも、他人に記憶してもらうためにも、匂うバラになることは、美人の上級編だが重要であると納得する。

25

「美しい人」とは
——年下の同性が必ず憧れる

女性は自分より年上のステキな同性を見ると、憧れて力をもらうものだ。私もあんな風になりたいなア、なろう！　と。そこで、今回はそんな秋田美人と京美人を紹介しよう。

秋田出身の納谷芳子《なやよしこ》は六十七歳。秋田の老舗《しにせ》旅館「榮太楼《えいたろう》」の長女として生まれ、十九歳で第四八代横綱大鵬《たいほう》に見初められて結婚。夫が現役引退後は、大鵬部屋の女将《おかみ》に。不世出の横綱大鵬は没後に国民栄誉賞を授与され、芳子がかわって受け取った。

京都出身の田畑洋子は五十八歳。十六歳で舞妓《まいこ》になり、二十三歳の時に祇園の老舗料亭「鳥居本《とりいもと》」の八代目と結婚。芸妓《げいこ》でもあった姑《しゅうとめ》の厳しい教えを経て、現在まで名うての女将として第一線に立つ。板前の夫と共に京の花街の伝統を守る彼女は、女優田畑智子の母でもある。

今回、じっくりと二人に話を聞き、感じたことが二点ある。一点は非常に共通点が多いということだ。秋田と京都、風土も文化もまるで違うし、二人のこれまでの人生もまったく違う。だが、共通点の多さには驚かされた。もしかしたら、その共通点こそが、同性から「ステキな人」と憧れられる美しさを作っているのかもしれない。そう感じた。

もう一つ感じたことは、二人の話が一般人を触発することだ。「相撲部屋」と「祇園の料亭」という、確かに一般人からはかけ離れた世界の二人である。そこの考え方や規範は、一般社会では受け入れ難いものもある。だが、二人の話を聞くと、何と一般社会はだらしなくゆるんでいるのかと思わされもする。ゆるんだ自分のどこかを締めなければステキにはなれないと、カツを入れられた思いがする。

二人と会って、まず驚くのは肌の美しさ。六十七歳と五十八歳の肌には、シミひとつない。二人ともそれぞれが、

「ありますよ。シミもシワも」

と言うが、私はじっくり見た。シミはない。シワもまったく目立たない。二人の話から共通して見えてきたことがある。

「スキンケアをしすぎない」という一点だ。

美しい白い肌の二人のケアは、笑ってしまうほど同じだった。朝晩、「クレンジング―化粧水―乳液」というもの。美容液もアイクリームもその他も一切なし。実にシンプルな三点のみ。二人とも、もう何十年もこれだけを続けていると言う。

むろん、化粧のプロが何と言うかはわからない。だが、私の目の前には、現実にシミひとつない白い肌の二人がいた。

そして、他に気をつけていることも共通で、「食事、睡眠、歯磨き」だった。秋田の納谷は「食事は和食中心で、必ず新鮮なサラダを作り、忙しくても必ず一食はおいしいあきたこまちを炊《た》きます」と笑う。京都の田畑も和食中心で「煮こごりとかスッポン、お魚の炊いたんなんかからコラーゲンを摂《と》ります。少しの日本酒も。京都はどれもおいしいですから」と、やはり地の食材は力があるのだ。「地産地消」は、全国どこの地方の人でもすぐに実行できよう。

そして、最大の共通点がある。私が「現在の自分を形作っている根幹は、何でしょうか」と質問した時のことだ。二人とも、まったく同じ語を口にした。それは、

「仕込まれた数々」

納谷は大鵬が嫁にもらいに来た日のことを覚えている。両親に手をついた横綱は、

「頂けるなら白紙で下さい。私が全部仕込みます」

と言った。

納谷は回想する。

「親方は夜遅く帰宅したり、夜中に何人も客を連れて来たりする。私は先にお風呂に入ったり寝ていたりは絶対に許されないんです。音がしたら玄関に正座して、『お帰りなさいませ』ってやる。着る物は和服かスカート。パンタロンなんか目の前で破られたし、レシピを見て料理を作っていると、『自分の味を出せッ』って怒られました。両親がその厳しさを知り、『秋田に帰って来い』って」

田畑は七代目女将である姑から、芸事に始まって言葉遣い、日常生活、礼儀作法、立ち居ふるまいまで徹底的に仕込まれた。ことあるごとに、「鳥居本の看板に泥《どろ》を塗《ぬ》るな」と

旅館の女将であった
母も秋田美人。
芳子も幼い頃から
日本人形のよう。
小さい頃から躾けられ、
習字や日本舞踊など
習い事も多かった

納谷芳子／なや・よしこ　秋田県生まれ。創業130年を越える「菓子舗 榮太楼」（創業当時は旅館も営業）に育つ。結婚後は3女の母となり、現在は9人の孫に囲まれ、過ごしている（撮影＝百瀬恒彦）

言われ、二十四時間ずっと気の張る毎日。それも十六歳からである。

「三百年くらい経たへんかったら『老舗』とは言うてもらえへん京都の花街でっしゃろ、躾《しつけ》の厳しさは大変なものでした。朝早うから夜遅うまで、たくさんの目を気にして暮らさなあかんわけです。気を抜けば叱《しか》られますから」

納谷の三人の娘も、田畑の二人の娘も、そばで見ていただけに、

「お母さん、よく我慢したよね。私はお母さんみたいな生活、絶対にいや」

と言ったというから笑った。

確かに今、「仕込む」という言葉はほとんど死語だ。それはパワハラだのいじめだの人権問題だのにもなりうる。

だが、十代の納谷も田畑もそこから逃げなかった。その理由もまったく同じだった。

「ここを乗り越えれば、私は強くなれる。そして、認めてもらえる」

田畑はサラリと言った。

「つろうても、これを乗り越えたら、きっといいことがあるわと自分に言い聞かせて。それで周囲から洋子ちゃん気張ってはんなァとか、よう続いて頑張ってはるわァとか、認め

「料亭」という厳しい
家業であるだけに、
家族旅行を大切にしていた。
下の左側写真の
洋子の隣が幼い日の智子

田畑洋子／たばた・ようこ
京都府生まれ。「祇園料理
鳥居本」の女将。結婚後は
2女をもうけ、3人の孫を
もつ（撮影＝塩崎 聰）

てもらうのは自分でも嬉しかった」

納谷も同じだ。

「何とか叱られないように全部を把握《はあく》して、『すごい、立派だね』と言ってもらいたい気持ちが、私を支えてましたね」

二人の言葉は印象的である。昨今はやや過剰とも思える「自然体賛美」の世の中だ。

「逃げたければ逃げろ」「泣きたければ泣け」等々、自然にわき起こる感情に従う。まさに「人間だもの」と納得するが、二人から醸《かも》し出される深さと美しさは、自然体とは違う生き方が磨いたものではなかったか。

それでもつらくて爆発することもあっただろう。そう聞くと、納谷は笑顔で手を振った。

「悲しかったりつらかったりする時も、ニコニコするの。若い人やお客様の前で悲しい顔やつらい顔できないでしょ。トイレで泣いて、またニコッとして出てくるの。そうね、吹雪《ふぶき》の中で生きてきた秋田の女の、忍《しの》ぶ心というのはあったでしょうね」

田畑も当たり前のように言う。

「京都の女は、しんどさを表に出しまへん。気候ひとつ取ってもそうどす。お客さんやよそ様の前では、自分の気持ちを表に出したらあかんて躾けられてるから、猛暑でも涼しい顔して。それに、暗い顔していたら不幸がこっちに寄ってくるような気がしますやろ」

私たちは「自然体」に精神が救われることは多々ある。だが、それとは逆の縛りを自分にかけてみることも、時には必要かもしれない。あまりにも「何でもアリ」の楽な社会にいると、心も顔もゆるむのではないか。

やがて、話しているうちにハッキリと気づいた。二人とも心のまん中にあるものは、はかり知れないほどの「対象への愛情と敬意」だと。

納谷は横綱大鵬への、田畑は老舗の看板への。それは自分がどんなにつらかろうが、苦しかろうが、体を張って守りたい美しい宝だったのだ。

私たちは誰しも守りたいもの、愛するものを持っている。その対象は仕事や趣味、人間や家族に至るまで多種多様だろう。自分にとって何が一番大切で、何が守るべき美しい宝か。それがわかったら、それに対して体を張ることだ。必ず年齢を超越する女の美しさを作る。醸す。

二人の秋田美人と京美人を目の前にし、私はそう思っていた。

きれいの手口――秋田美人と京美人の「美薬」●スペシャル対談

Special Talk ＩＫＫＯ×内館牧子

いくつになっても「きれい」でいるための〝手口〟とは？

←巻頭カラーページより続く

50代なりの自分をつくる方法

内館　ＩＫＫＯさんが以前「周りが担《かつ》いでくれるときに調子に乗りすぎるな」という言葉を書かれていたのを読んだことがあります。

ＩＫＫＯ　はい。私は一度はおみこしを担いでいただいて、だけど二度のおみこしはないと思っています。

内館　「どんだけ～！」は、あんなブームになるとは思っていなかった？

ＩＫＫＯ　たまたまなんです。テレビには出たけれど、そろそろ座《すわ》って笑っているだけではダメなんだろうなとちょっと悩んでいる時期、呼《よ》んでいただいたトーク番組で突然《とつぜん》指名されて、頭が真っ白になったんですが、とっさに「どんだけ～！」と（笑）。緊張《きんちょう》で出した人さし指が

震《ふる》えていました。それで次の日から人生が「どんだけ〜！」になって。バブルですよ。

内館　冷静だったんですねえ。

ＩＫＫＯ　あれは私が考えたわけではなくて、すでに二丁目で流行っていた言葉だったんですよ。

内館　その時代、つまり今より若いわけですよね。でも、年を重ねていった今のほうがいいわって思うことはありますか？

ＩＫＫＯ　周りからね、40代のころはやせていたのにまあ〜どうしちゃったの？　って言われることはありますよ（笑）。50代初めに所属《しょぞく》していた事務所から独立《どくりつ》して、毎日睡眠《すいみん》が3時間、一日10㎞は歩いていたのができなくなったり、なんてことも続いて、ストレス解消《かいしょう》で食べすぎた結果なんですが、太ったことは間違《まちが》いないと自分に言い聞かせたんです。

内館　現状《げんじょう》を受け入れるっていうこと？

ＩＫＫＯ　そうです。だけど少しずつ50代の自分をつくっていこうと、ようやく55歳を過《す》ぎたころから私なりの50代がみえてきました。

内館　50代の自分の人生というのは、きれいになるためのノウハウを生かすとか、つらいことをプラスにするとか、化粧《けしょう》を変えるとか？

ＩＫＫＯ　美しくあるために大切にしたのは「幸せであること」。外でどんなにつらいことや苦しいことがあっても、家に帰って夜寝《ね》るまでの何時間かは幸せなことだけに囲《かこ》まれようって。

内館　不幸は家に持ち帰らない。
ＩＫＫＯ　それです。それと50代までの自分のいろんなものを引きずるのはやめました。自分の器《うつわ》があるとしたら40代までのもので埋《う》められてしまう。一度空っぽにして50代をつくろうと断捨離《だんしゃり》しました。
内館　それ、心の断捨離でしょ。具体的にはどうやって？
ＩＫＫＯ　持っているモノはとにかく1/3にして、若《わか》いころに買った高いドレスも目をつぶってごみ袋《ぶくろ》に入れました。それと思い出も。
内館　ああ、中身と外見は連動してるから、心を変えるには外見を変える。
ＩＫＫＯ　そうです。
内館　常々《つねづね》、気になっていることがあって、今のシニアのなかには、コンビニに行くのもクラス会に行くのもリュックで、手入れをしない髪《かみ》を帽子《ぼうし》で隠《かく》して、ペタンコ靴《ぐつ》。それは「自然体」じゃなくて、ただの不精じゃないかと思います。
ＩＫＫＯ　私は公《おおやけ》の場で必要なら、衣装《いしょう》はいくらかかっても何枚《なんまい》必要でも、お金をかけて死に物狂《ぐる》いで作ります。だけどプライベートはある程度譲《ていどゆず》っていこうと思ったんです。そうしないと、あれもこれも捨《す》てきれない女になってしまう。
内館　よく、「アタシって欲張《よくば》りなんですぅ」って誇《ほこ》らしげに言う人、いるでしょ。でも両手に持てるものは限《かぎ》りがある。

IKKO　そうです。いつかは自分の首を絞《し》めるような人生を歩くことになるから。今はファストファッションでも、いいものはたくさんあるので、普段《ふだん》はスニーカーに気軽な格好《かっこう》。私でいうと「公の衣装」、「普段着」、それと、「お仕事の現場《げんば》に入るときのファッション」の大きく3段階《だんかい》にくっきり分けてます。

内館　そうか、かまわない人って普段着だけで通すんだわ。オールインワン(笑)。

まねから学ぶ品格《ひんかく》

IKKO　「よそいき」って、昔は言いましたよね。

内館　そうそう、「よそいき」って言ったわね。

IKKO　「よそいき」という心意気はすごく必要ですよね。それは絶対《ぜったい》に外見を変える。

内館　きれいな人って、きれいに見せる工夫《くふう》も怠《おこた》らないですよね。

IKKO　私の今の体形は認《みと》めます。だけど工夫っていうのは必要《ひつよう》だと思っています。私の着物の仕立ては袖《そで》の長さが10何cmか普通より長くなっているんですが、そうすると膝《ひざ》くらいまで袖がきて、太った体形を隠すのではなく、きれいに見せてくれるんです。

内館　そのせいか……。IKKOさん、全然太って見えないから。

IKKO　襟幅《えりはば》も女っぽくなで肩《がた》に見せるため

に、少し幅を広く作ってあります。

内館　常々、憧《あこが》れの人のまねから入るといいとおっしゃっていますが、ＩＫＫＯさんの理想はどなた？

ＩＫＫＯ　杉村春子《すぎむらはるこ》さん、マリア・カラス、グレース・ケリー、そして沢村貞子《さわむらさだこ》さんも。美しいし、品格がある方たちですよね。細かいことを気にするよりも、お手本があると早いですね。

内館　でも、人には華《はな》のある人と、ない人がいるでしょう。ない人がまねしてもすてきになれます？

ＩＫＫＯ　24時間、どうやったらきれいかと意《い》識《しき》している人には圧倒的《あっとうてき》な華がある、と思います。品格を身につけていこう、と決めてからは、世界中の華のある人たちのドレスの選び方、ヒールの選び方などを見て学びました。

内館　華は、努力と勉強することで身につきますか？

ＩＫＫＯ　華をもって生まれた人もいると思いますが、そういう人ほど、わりと消えやすい。

内館　その言葉、いろんな人を見ていらしただけに、リアリティがある。

ＩＫＫＯ　私は子どものころからおかまといじめられて、給食の時間はいつもひとり。コンプレックスのかたまりでした。だから、何もなかったので、一からつくり上げていくしかない。

努力しなければ年齢と共にゼロよりマイナスになるはずだから、そこに関《かん》しては一生努力を続けようと思っています。

今から始められる美肌術《びはだじゅつ》

内館　加齢《かれい》と共にマイナスにならないためには、美容方法は何から始めたらいいのかしら?

IKKO　『きれいの手口』にも書かれていましたが、気候風土とか日照とか育った土地や住んでいる土地の影響《えいきょう》はとてもあると思います。たとえば紫外線《しがいせん》に関していうと浴びたらダメではなく、ケアをしないとダメなんです。

内館　IKKOさん、ホントに肌が白くてきれいですものね。具体的にはどうケアするのかしら。

IKKO　一番大切なのは洗《あら》うことと潤《うるお》すこと。それと水分と油分のバランス。水分で潤すことの大切さは皆《みな》さんもよくご存《ぞん》じのはず。だけど私自身この年になってわかったのは、水分と同じくらい油分も大切なんだなって。昔からの化粧水、乳液《にゅうえき》、クリームなど、段階を踏《ふ》んで肌に必要なものをきちんと与《あた》えていくのをおすすめします。

内館　でも、そうしたくてもお金がないとか、時間がないとかあるんですよ。そういう人でもできるケアってありますか?

IKKO　お風呂《ふろ》に入ることはとっても大事なことで、『きれいの手口』にも書かれていますが、みかんやりんごの皮をバスタブに入れるのもいいですよ。今、化粧品は植物の力を使ったものがとても多いんです。それと絶対のおすすめは馬油《バーユ》。

内館　私、それ、音楽評論家《ひょうろんか》の湯川《ゆかわ》れい子さんにいただいて、使いはじめたの！　湯川さん、80代ですけど、すごくきれいよ。

ＩＫＯ　その馬油で、お風呂に入ったとき、パックするんです。馬油は高くないし、身近でとても優秀《ゆうしゅう》。肌が乾燥《かんそう》している朝も馬油パックしてから洗顔《せんがん》するとしっとりします。

内館　そのくらいはやらないと、マイナスが行き着くとこまで行く（笑）。

ＩＫＯ　それと、じっくりお風呂に入って、しっかり泡立《あわだ》てた泡で全身を包み込《こ》むようにして洗うと、毛穴《けあな》の汚れを吸着《きゅうちゃく》して肌がきれいになります。

内館　私も以前に、「きれい」の最大ポイントは、目鼻立ちではなく肌だと聞いたことがあります。

ＩＫＯ　いくつになっても最低限《さいていげん》、努力と自分の納得《なっとく》する限界《げんかい》は保《たも》っていたいんです。

内館　見ていると、外見がすてきな人は堂々《どうどう》としてますものね。

あとがき

私が「秋田美人」と「京美人」に関心を持ったのは、二〇〇七年頃だったと思います。ちょうどその頃、劇団わらび座にミュージカル「小野小町《おののこまち》」を書きおろすため、たくさんの資料を読んでいるところでした。そして、小町の出身地とされる秋田と、人生の華の時期を過ごしたといわれる京都を、幾度も取材で訪問。多くの秋田人、京都人と会い、風土から意識まで、細かく聞いているうちに、疑問を持ちました。

なぜ、両地ばかりが「秋田美人」、「京美人」という名詞になり、広く言われるのか。現実には日本全国に美人産出地があり、また、美人コンテストで、秋田代表と京都代表が常にトップにいるわけでもありません。なのに、「秋田美人」と「京美人」の二大ブランドは揺るがない。面白い、なぜだろうと思ったのが、きっかけでした。

そして、両地に通う中で実感させられたのです。やはり、秋田と京都の女はきれいなのです。それはまったく年齢とは関係がなく、小学生から九十代まで、きれいなのです。両地の女たちの暮らしや精神の中に、必ずきれいになるための何かがある。本人たちは当たり前のこととして、意識していなくてもです。つまり、秋田美人と京美人にとって当たり前とする「日常の美薬」を探《さぐ》りあてれば、誰をも美しくしてくれるかもしれない。そう考えました。

「秋田美人は素の美人、京美人は磨かれた美人」

改めて実感させられたのは、ジャーナリストの橋本五郎さんの言葉です。秋田美人の持って生まれた「雪肌」、京美人の教えこまれた「立ち居ふるまい」は、美しい女の大きな要素を作っている。「美人」とは目鼻立ちばかりではないと、つくづく思いました。

京都には、お国自慢を七五調で数え上げた古い文句があるそうです。(二〇一四年七月五日付『読売新聞』)

〈水・壬生菜《みぶな》、女・染め物、針・扇《おうぎ》、お寺・豆腐に人形・焼き物〉

同紙ではこのお国自慢一〇点に対し、「十年どころか百年、数百年一日《いちじつ》の頑固さはお見事というほかない」と、呆然としたように敬意を表しています。

一方、秋田には江戸初期に始まったとも言われる「秋田音頭」が、今も頑固に歌いつがれ、知らない人はいないでしょう。

〈秋田のおなご　何してきれいだど聞くだけ野暮《やぼ》だんす　小野小町の生まれ在所をおめはん知らねのげ〉

両地が頑固に守り、そして今も誇っている美人。その美薬と矜持《きょうじ》は、秋田美人と京美人としてご登場いただいた納谷芳子さん（元横綱大鵬夫人）、田畑洋子さん（祇園・鳥居本女将）の佇《たたず》まいからも、よくおわかりいただけるのではないでしょうか。

最後に、京都の暮らし、文化等々について多くをご教示下さった服飾評論家の市田ひろみさん、またプロとして目の覚めるアドバイスを下さったヘアメイクアーティストのマサ大竹さん、ファッションデザイナーの横森美奈子さん、私が以前から大ファンの橋本シャーンさんが装画をお引き受けくださったことに、心からお礼申し上げます。そして、月刊パンプキン編集部の遠藤純さんと出版部の北川達也さんが細やかに意見を下さったことに、この場を借りてお礼を申し上げます。

なお、秋田と京都の方言は、両地を際立たせるために、やや強めに地元のかたに「翻訳」して頂きました。

二〇一五年五月　東京・赤坂の仕事場にて　内館牧子

新書版あとがき

つい最近のことである。私は男子大学生三人、二十代半ばの男子社会人三人と食事をすることになった。大学生と社会人の各一人は昔から知っており、他は彼らの友達で初対面である。

お酒がほどよく回った頃、社会人の一人が言った。

「この前、新しいカノジョを実家に連れてったんっすよ。別れた元カノのことも連れてったことがあるけど、一年はたつ」

するとと、新しいカノジョを紹介された両親は、後日、息子に言ったそうだ。

母親「一目見た時、あら、元の子と戻ったのねと思ったわよ」

父親「うん、同じ顔だもんな。(慌てて)いや、俺ら古い人間だから、今時のきれいな子を見ると、そっくりに見えちゃって」

母親「パパ、何、気をつかってんのよ。誰が見たって見わけつかないよ。近頃の子、みんなびっくりしたフランス人形みたいな顔してってさ」

彼がこの話をすると、他の五人がすぐに反応した。

「ホント、女の顔がみんな似てきたよな」

「うん。ブスがいなくなった」

「みんな可愛くなった。だけど、お前んちのお袋、冴《さ》えてるよ。ホント、フランス人形がびっくりしてんだよな」

「うちの妹見てると、目の化粧すると別人だよ。使用前・使用後みたいなさ。突然、びっくりしたフランスになるんだから、こっちがびっくりするよ」

私はこれを「古い人間」が言うのではなく、二十代前半から半ばの、かなり遊んでいるように見える六人の言葉であることに、非常に興味を持った。つい、色々と質問したくなる気をおさえ、彼らの続きを聞いていた。

「整形じゃなくて化粧とまつ毛だよ」

「だから、僕、フィギュアスケートの坂本花織見るといいなァ、きれいだなァと思うんすよ」

「いいよな、坂本。細くてスッとした目、あれ、ひと重《え》だろ。他の女と全然違う」

ここから先も言いたい放題。私がついに、

「それ、少しでもカノジョとかに言った？」

と聞くと、大笑いされた。

「言いませんよォ。もめるのイヤっすから」

男は弱くなったンだか、狡《ずる》くなったンだかわからない。

女性の美の基準が、時代によって変わることはよく言われる。

私は「小野小町《おののこまち》」というミュージカル脚本を書いた時、改めて平安時代の美女と現代の美女はまるで違うと思わされた。

色々な資料を読むと、平安美女とされる人たちは「小柄」で「肉づきがよく」、「顔は下ぶくれ」で「細く切れ長な目」、「小さなおちょぼ口」、そして「まっすぐで長い黒髪」、「白い肌」だったらしい。当時は写真がなかったため、絵などによると小野小町も紫式部《むらさきしきぶ》もこの条件をクリアしていたようだ。この条件で現代にあてはまるのは、「白い肌」くらいだろう。だが、昭和四十年代には「ブロンズの肌」が美しいとされたし、外国人女優のように大きな肉感的な口がいいとされた時代もあった。彫りの深い顔立ちに憧れた時代もあれば、下ぶくれや肉づきのいい体は「不美人」の条件とみなされる時代もあった。今は「びっくりしたフランス人形」が時代に合った美なのだと思う。

これは全国的な傾向だろう。私はミュージカル脚本や、本著を書く際に幾度も秋田と京都を取材したのだが、やはり女性達の少なからずは、今の時代の美しさ、可愛さを創っているように感じた。

というのも、昭和時代に出版された写真集や資料を見ると、秋田も京都も明らかに現代女性とは顔が違う。ただ、両地とも本当にきれいだ。現代と違い、メイクでカバーできないだけに、肌や佇《たたず》まいが期せずして勝負どころになっている。これは心しておくべき点かもしれない。むろん、女は男にウケるために生きているのではないし、女を美醜で分けるのは、無知で無恥なことである。だがしかし、女たちが画一的なメイクをし、どんな局面であっても「ヤバイ」しか言えない姿も、無知で無恥ではあろう。たぶん、男たちはそう思っている。もめるのがイヤだから口には出さないが。

今回対談してくださったＩＫＫＯさんの人生は、決して平坦なものではなかった。「私には何もなかったので、ゼロからつくっていくしかなかった」と、ご本人が語る通りである。そんな中で、どうすれば美しく、どうすれば個性を消さずに、どうすれば自分も満たされるのかを、追い求めた。その過程は、内面のドロドロをも浄化して行った。初めて彼女とお会いし、本著の秋田美人、京美人に重なるところを幾つも見た。

多忙な中、そんな対談を引き受けて下さったＩＫＫＯさんに、そして、本エッセイが月刊「パンプキン」に連載中からずっとお世話になった潮出版社の北川達也さん、遠藤純さんに、この場をお借りしてお礼を申し上げたい。そして誰よりも、この本を手に取って下さった皆様に、ありがとうございました。

令和元年六月　東京・赤坂の仕事場にて　内館牧子

本書は二〇一五年六月に小社より刊行された単行本を新書化したものです。

巻頭カラー・スペシャル対談は月刊『パンプキン』二〇一九年六月号に掲載されたものを収録しました。

本文の記載事項は単行本掲載当時のものです。本文中の敬称は略させていただきました。

内館牧子（うちだて・まきこ）

一九四八年秋田県生まれ。武蔵野美術大学造形学部卒業。三菱重工業に入社後、十三年半のＯＬ生活を経て、八八年に脚本家デビュー。テレビドラマの脚本に「毛利元就」「ひらり」「私の青空」「昔の男」「白虎隊」「塀の中の中学校」など多数。九三年橋田賞大賞、二〇一一年モンテカルロ・テレビ祭で三冠を受賞。大の好角家としても知られ、〇〇年九月より女性初の横綱審議委員会審議委員に就任し、一〇年一月任期満了により同委員退任。〇六年東北大学大学院文学研究科で、論文「土俵という聖域—大相撲の宗教学的考察」で修士号取得。〇五年より同大学相撲部監督に就任し、現在総監督。著書に『義務と演技』『エイジハラスメント』『十二単衣を着た悪魔——源氏物語異聞』『終わった人』『すぐ死ぬんだから』『男の不作法』『女の不作法』『大相撲の不思議』（小社刊）など多数。

潮新書 025

きれいの手口
秋田美人と京美人の「美薬」

2019年　7月10日　初版発行

著　者｜内館牧子
発行者｜南　晋三
発行所｜株式会社潮出版社
〒102-8110
東京都千代田区一番町6　一番町SQUARE
電話　■03-3230-0781（編集）
■03-3230-0741（営業）
振替口座■00150-5-61090

印刷・製本｜中央精版印刷株式会社
ブックデザイン｜Malpu Design
口絵・本文デザイン｜金田一亜弥（金田一デザイン）
本文挿絵｜橋本シャーン

ISBN978-4-267-02185-5　C0295